A MAP of NARNIA and adjoining LANDS

LANTERN WASTE

Miraz his Castle
Beaversdam

WIL...

GREAT NARN... RIVER

Aslan's How

Dancing Lawn

Trufflehunter's Cave

Bulgy Bears' Home

ARCHENLAND

ANDS of the NORTH

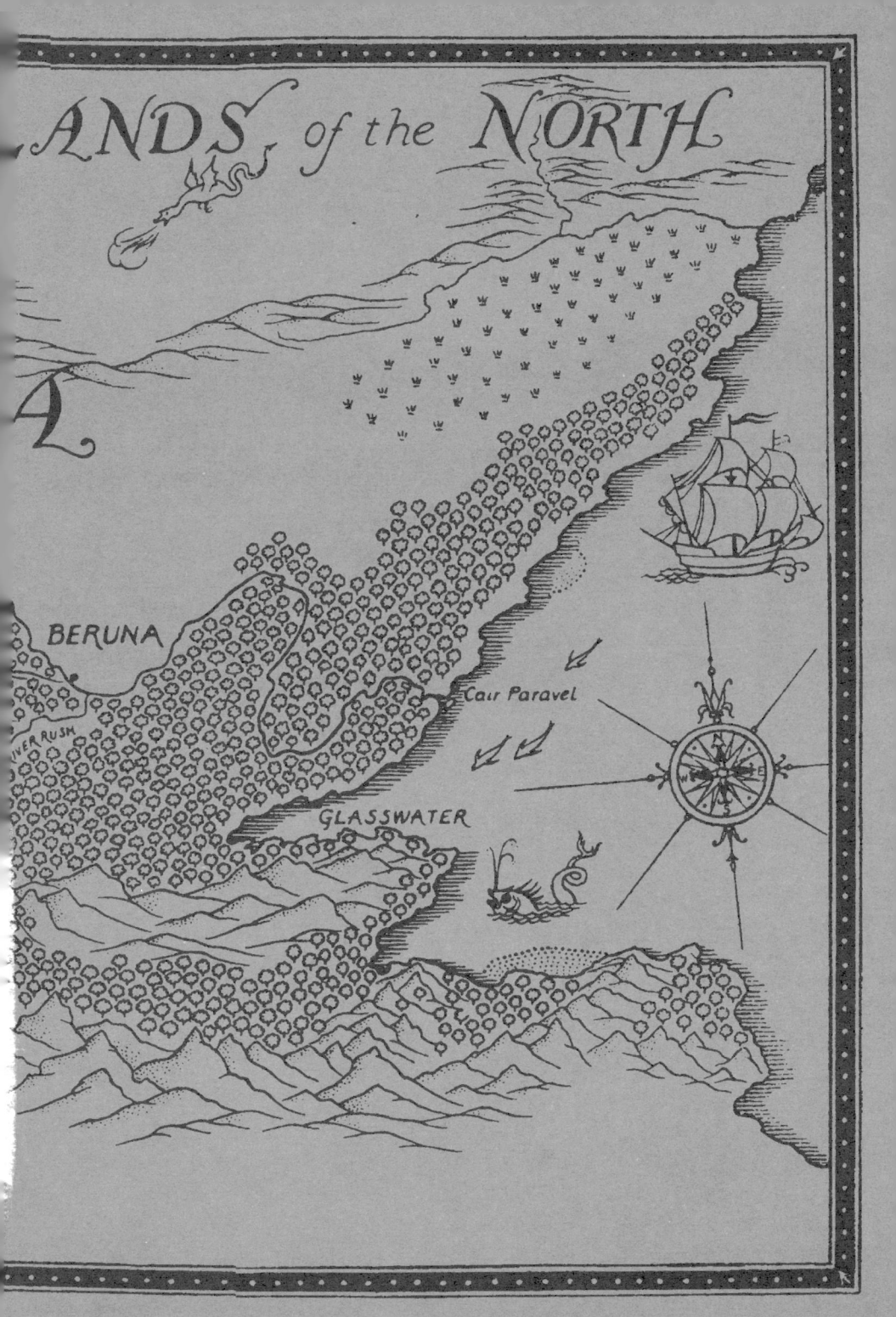

BERUNA

RIVER RUSH

Cair Paravel

GLASSWATER

纳尼亚传奇
The Chronicles of NARNIA
IV

凯斯宾王子

〔英〕C.S.刘易斯 著

马爱农 译

人民文学出版社

图书在版编目（CIP）数据

纳尼亚传奇.4，凯斯宾王子/（英）C.S.刘易斯著；马爱农译.——北京：人民文学出版社，2023（2025.6重印）

ISBN 978-7-02-018280-0

Ⅰ.①纳… Ⅱ.①C… ②马… Ⅲ.①儿童小说-长篇小说-英国-现代 Ⅳ.①I561.84

中国国家版本馆CIP数据核字(2023)第186709号

责任编辑　翟　灿
装帧设计　刘　远
责任印制　王重艺

主要角色表

凯斯宾　　　　　纳尼亚国王凯斯宾九世之子，从小父亲被叔叔谋害，从保姆口中得知老纳尼亚的故事，又从私人教师口中知道了自己的身世，后在老纳尼亚人的帮助下夺回了王位，成为凯斯宾十世

康奈留斯　　　　一个博学的矮人，凯斯宾王子在宫廷中的私人教师，为凯斯宾王子传授知识，并帮助他逃出叔叔的王宫

米拉兹　　　　　凯斯宾的叔叔，纳尼亚王国的僭主，杀害了哥哥凯斯宾九世成为国王，在没有自己子嗣之前答应立凯斯宾为王

	位继承人,有了儿子后立即派人追杀凯斯宾
特鲁普金	一个勇敢、忠诚的红发矮人,帮助凯斯宾王子登上王位
尼卡比	一个黑发矮人,对凯斯宾充满敌意
特鲁佛汉特	一只会说人话的獾,忠诚、善良,帮助凯斯宾王子登上王位
雷普奇普	一只机智的、酷爱冒险的、会说人话的老鼠领袖,有着无人能够超越的骑士精神、勇气和剑法,自命是凯斯宾国王的忠实仆人,纳尼亚最英勇的骑士
格兰斯托姆	一个勇敢、不畏艰险的马人,帮助凯斯宾王子登上王位
威伯维特	一个勇敢、智商不太高的巨人,虽然给众人带来过麻烦,但凯斯宾王子登上王位有他的功劳
彼得	佩文西家最大的孩子,本书中作为纳

凯斯宾王子

尼亚的至尊王出场，亲自上战场指挥战斗，并与米拉兹展开决斗

苏珊	佩文西家第二个孩子，本书中作为纳尼亚仁慈的苏珊女王出场
埃德蒙	佩文西家第三个孩子，本书中作为纳尼亚正义的埃德蒙国王出场
露西	佩文西家第四个孩子，本书中作为纳尼亚勇敢的露西女王出场
阿斯兰	一头伟大的狮子。森林之王，海外帝王之子，来去自由。他的使命是推翻女巫的统治，拯救纳尼亚王国。阿斯兰在七部书中均有出现

目 录

第 1 章　海岛　· · · · · · · 1
第 2 章　古老的百宝屋　· · · · · · · 12
第 3 章　矮人　· · · · · · · 28
第 4 章　矮人讲述凯斯宾王子的故事　· · 39
第 5 章　凯斯宾的山中历险　· · · · · · 55
第 6 章　隐居者　· · · · · · · 72
第 7 章　危险中的旧纳尼亚　· · · · · · · 83
第 8 章　离开海岛　· · · · · · · 98
第 9 章　露西看见了什么　· · · · · · · 114
第 10 章　狮子回来了　· · · · · · · 130

第11章 雄狮怒吼 148

第12章 巫术和突如其来的复仇 ... 163

第13章 至尊王指挥战斗 179

第14章 大家都在忙什么 193

第15章 阿斯兰在空中变了个门 ... 210

第1章 海 岛

　　从前有这么四个孩子，分别叫作彼得、苏珊、埃德蒙和露西，一本名为《狮子，女巫和魔衣柜》的书里讲述了他们神奇的冒险经历。他们打开了一个魔法衣柜的门，来到一个跟我们截然不同的世界，然后在那个不同的世界里，成为一个名叫纳尼亚王国的国王和女王。他们在纳尼亚似乎统治了很多很多年；可是从柜门出来，发现自己又回到英国时，时间却似乎根本没有变化。反正，没有人发现他们离开过，除了一位非常有智慧的成年人，他们也没有把这段经历告诉任何人。

　　这都是一年前的事。此刻，这四个孩子坐在火车站的椅子上，周围堆着箱子和大大小小的盒子。实际上，他们是要返回学校。这是一个中转站，他们一起坐车到这里，再过几分钟，一列火车就会来带两个女孩去往一所学校，再过半小时，另一列火车就会来带两个男孩去往另一所学校。旅途的前半部分他们在一起，感觉就像度假一样。可是现在很快要说再见，各奔东西了。每个人都知道假期已经结束，每个人心里都产生了那种新学期开始时的感觉，大家情绪低落，想不出话来说。露西是第一次去寄宿学校。

这是一个空荡荡、死气沉沉的乡村火车站，站台上除了他们，几乎没有别人。突然，露西发出一声尖厉的喊叫，像被黄蜂蜇了一下似的。

"怎么回事，露露？"埃德蒙说。但他突然顿住，发出哎哟一声。

"这究竟是……"彼得话没说完，也突然改变了要说的话，喊道，"苏珊，放开！你在做什么？你把我拽到哪里去？"

"我根本没碰你。"苏珊说，"有人在拉我。哦——哦——哦——住手！"

每个人都发现其他人的脸色变得煞白。

"我也有这种感觉。"埃德蒙喘不过气来地说,"好像被人拖着走。真吓人——啊!又来了。"

"我也是。"露西说,"哦,我受不了啦。"

"赶快!"埃德蒙喊道,"都抓住别人的手,不要分开。这是魔法——我知道这感觉。快!"

"没错。"苏珊说,"快互相抓住手。哦,真希望它能停下——哦!"

接着,行李、座椅、站台和火车站都消失得无影无踪。四个孩子互相拉着手,气喘吁吁,发现自己站在一

个树木茂盛的地方——树真多啊,他们的身体被树枝戳着,简直难以动弹。他们都揉揉眼睛,深深吸了口气。

"哦,彼得!"露西喊道,"你说,我们有没有可能又回到了纳尼亚?"

"这可说不好,"彼得说,"树林太密了,只能看到一米远的地方。我们走到空地上去吧——如果有空地的话。"

他们艰难地在密林中前进,被荨麻刺痛,又被荆棘擦伤皮肉。接着他们又碰到一件意外的事:周围的一切明亮多了,再走几步,发现来到了树林边缘,下面是一片沙滩。几米开外,平静的海水卷起细小的涟漪,轻轻拍打沙滩,几乎没有发出一点声音。放眼望去,看不见陆地,天空万里无云。从太阳的位置判断,应该是上午十点,海面蓝得耀眼。他们站在那里,嗅吸着大海的气息。

"天哪!"彼得说,"真是够好的。"

五分钟后,每个人都脱掉鞋子,蹚进了清凉的海水。

"这比坐在闷热的火车里,回去学什么拉丁语、法语和算数强多了!"埃德蒙说。之后很长时间没有人说话,都忙着拍打水花,寻找虾和螃蟹。

"不管怎么说,"苏珊突然说道,"我认为必须制订一些计划。过不了多久,我们就需要吃东西了。"

"妈妈给我们带了路上吃的三明治。"埃德蒙说,"至少我带了。"

"我没带。"露西说,"放在我那只小包里了。"

"我的也是。"苏珊说。

"我的在大衣口袋里,就在沙滩上。"彼得说,"四个人吃两份干粮,那可太不过瘾了。"

"现在,"露西说,"比起吃东西来,我更想喝水。"

另外几个孩子也觉得渴了,一般来说,冒着烈日在海里蹚水玩之后都会觉得很渴。

"就像轮船失事一样。"埃德蒙说,"书里写了,他们总能在岛上找到清澈、干净的泉水。我们最好也去找吧。"

"这是不是意味着要回到那片茂密的树林?"苏珊说。

"绝对不是。"彼得说,"如果有小溪流,那它肯定会流入大海,只要顺着岸边走,就一定能找到溪流。"

蹚水回到岸边,先走过平坦、潮湿的沙滩,然后走在干燥、细碎的沙地上,沙粒黏住了脚趾,他们便穿上鞋袜。埃德蒙和露西想把鞋袜留在沙滩，光着脚去探险，可是苏珊说这么做太荒唐了。"我们可能再也找不到它们了。"她说，"晚上天冷的时候，如果我们还在这儿，也会需要它们的。"

穿好之后，他们顺着海岸往前走，左边是大海，右边是树林。四下里非常安静，只偶尔传来海鸥的叫声。树林那么茂密，盘根错节的，几乎看不清里面的情况。林子里没有任何动静——没有鸟，甚至连一只小昆虫都没有。

贝壳、海藻、银莲花和岩石潭里的小螃蟹，都非常有意思。可是如果你很渴，不一会儿就会对它们感到厌烦。孩子们的脚离开了清凉的海水，感觉热辣辣、沉甸甸的。苏珊和露西还要拿着雨衣。埃德蒙在魔法突然袭来的一刹那前，把他的大衣放在火车站的座椅上了，所以他和彼得就轮流拿着彼得的那件厚大衣。

没过多久，海岸开始呈弧形往右延伸。大约一刻钟后，他们穿过一道往外突出的尖尖的礁石，遇到了一个急转弯。现在，他们背对着刚才走出树林时迎接他们的

那片大海,往前方望去,可以看见茫茫大海的对岸,那里跟他们刚刚探险过的海岸一样,也是覆盖着密林。

"那是不是一座岛呢?或者,我们再往前走走就能跟它连上?"露西说。

"不知道。"彼得说,他们拖着沉重的脚步继续往前走。

脚下的这片海滩离对岸越来越近了,每次转过一个海角,孩子们都以为会发现两个地方的连接处。然而他们失望了。路上碰到几块礁石,不得不爬上去,在礁石顶上视线比较开阔,于是——"哦,倒霉!"埃德蒙说,"没有用。根本不可能走到那片树林。我们是在一座岛上!"

确实如此。这地方和对岸之间的那道海峡只有三四十米宽,现在他们看清了,这是最窄的地方。在这之后,这边的海岸再次呈弧形往右延伸,眼前能看见海岸和大陆之间的茫茫海域。显然,他们已经绕着这座岛走了一半多了。

"看!"露西突然说道,"那是什么?"她指着海滩上一个蛇一般长长的银白色东西。

"一条小溪!一条小溪!"其他人喊道,虽然已经筋疲力尽，却都毫不犹豫地奔下礁石，冲向清澈的溪水。他们知道最好去喝小溪上游、远离海岸的水，所以立刻跑向溪水从树林里流出来的地方。树林还是那么茂密，可是小溪很深，两侧是布满苔藓的高高的溪岸，只要弯下腰，就能在一个绿叶铺满的隧道中逆流而上。到了第一个泛着涟漪的褐色水潭前，他们跪在地上，尽情地畅饮，还把脸埋在水里，又把胳膊伸进去，一直浸到肘部。

"那么，"埃德蒙说，"那些三明治怎么办？"

"哦，是不是最好留着呢？"苏珊说，"以后可能会更需要。"

"现在我们不渴了，"露西说，"我真希望肚子也不像渴的时候那么饿了。"

"可是那些三明治怎么办呢？"埃德蒙又问了一遍，"放坏了就可惜了。你们别忘了，这里比英国热得多，它们已经在口袋里捂了好几个小时了。"于是他们掏出两个纸包，把三明治分成四份，每个人都只吃了个半饱，但总比什么都不吃好多了。然后开始讨论下一餐的计划。露西想回到海边去捞一些虾，但有人指出没有网子。埃

德蒙说可以到礁石上去捡海鸥蛋,可是他们仔细一想,却发现根本不记得见过海鸥蛋,而且,即使找到了也没法煮着吃。彼得暗想,除非时来运转,否则能吃上生的海鸥蛋就不错了,但他觉得没必要把这话说出来。苏珊说真可惜这么早就把三明治吃掉了。这时候,有那么一两位差点儿发了脾气。最后埃德蒙说道:

"听我说,现在只有一个办法。必须到树林里去探险。那些隐居者、迷路的骑士之类的人,只要是在树林里,就都有办法活下来。他们能找到植物的根和浆果什么的。"

"什么样的根?"苏珊问。

"我一直以为指的是树根。"露西说。

"好了,"彼得说,"埃德说得对,必须采取行动了,这总比再到刺眼的大太阳底下去要好。"

于是他们都站起身,顺着溪流往前走。但每一步走得都很艰难,他们不得不在树枝底下弯腰穿行,或者从枝枝蔓蔓的上面爬过,有时还在大片大片杜鹃花之类的东西里苦苦跋涉,衣服撕破了,鞋也被溪水沾湿。周围除了小溪的潺潺流水声和他们自己发出的声音，一点儿动静也没有。就在他们感到十分厌倦的时候，突然闻到了一股美妙的香味儿，接着看见右侧高高的溪岸上闪过一道绚烂的色彩。

"啊！"露西激动地喊道，"那肯定是一棵苹果树。"

果然是。他们气喘吁吁地爬上陡峭的溪岸，在荆棘丛中艰难穿行，最后站在了一棵老树周围，树上挂着沉甸甸、金灿灿的大苹果，看上去那么厚实和饱满多汁。

"不止这一棵树，"埃德蒙嘴里塞满了苹果说道，"看那儿——还有那儿。"

"哎呀，有好几十棵呢。"苏珊说，扔掉第一个苹果的核，伸手去摘第二个。"这肯定是个果园——很久很久以前，后来就荒废了，长出了这个野树林。"

"这么说来，这个岛上曾经有人居住。"彼得说。

"咦，那是什么？"露西指着前面说。

"天哪，是一堵墙。"彼得说，"一堵古老的石墙。"

他们在果实累累的树枝间穿行，来到石墙前。石墙的年代十分久远，许多地方都破损了，表面覆盖着青苔和紫罗兰，但石墙本身比几乎所有的树都高，除了最高的那几棵。到了近前，他们发现一个巨大的拱门，以前里面肯定是个大门，但现在几乎被一棵最大的苹果树填满了。他们不得不折断几根树枝才钻得进去，接着忍不住眨巴眼睛，因为天光一下子变得明亮多了。他们发现自己置身于一个宽阔的空地，四周都是围墙。空地上一棵树也没有，只有平坦的草地、野菊花、常春藤和灰色的围墙。这是一个敞亮、隐秘、安静的地方，并弥漫着深深的忧伤。四个孩子走到空地中央，很高兴终于能挺直后背，自由地伸展四肢了。

第2章　古老的百宝屋

"这里不是花园。"苏珊很快便说,"曾经是一座城堡,这里肯定是庭院。"

"我明白你的意思。"彼得说,"没错。那是一座塔楼的遗址。废墟上还有以前一段楼梯通向围墙顶部。再看看那些台阶——那些又宽又浅的台阶——一直通向上面那个门洞。那肯定是进入大厅的门。"

"看样子年头很久远了呢。"埃德蒙说。

"是啊,很久远了。"彼得说,"但愿我们能弄清以前住在这座城堡里的是谁,距离现在有多久了。"

"这使我产生一种奇怪的感觉。"露西说。

"是吗,露露?"彼得说着,转过脸来仔细盯着露西,

"我也有同感。这是今天这个古怪的日子里最古怪的一件事。真想知道我们是在哪里,这一切又意味着什么。"

说话间,他们已经穿过庭院,经过另一个门洞,走进那个曾经的大厅。大厅现在也跟庭院差不多了,屋顶早已不见,只是一片杂草丛生、野菊花盛开的空地,但比庭院短且狭窄,围墙也更高。尽头似乎有一个阳台,

比其他地方高出三英尺左右。

"这里以前真的是大厅吗？"苏珊说，"那个阳台模样的东西是什么呢？"

"哎呀，你真傻，"彼得（突然变得兴奋异常）说，"你看不出来吗？那是贵宾席的台子，是国王和大臣们坐的地方。难道你忘记了我们自己曾经是国王和女王，在大厅里就坐在这样的台子上？"

"在我们的凯尔帕拉维尔城堡里，"苏珊用喃喃的、梦幻般的声音说，"在纳尼亚那条大河的河口。我怎么会忘记呢？"

"一切都回来了！"露西说，"我们可以假装眼下就在凯尔帕拉维尔城堡。这个大厅跟我们曾经举办宴会的那个大厅肯定很像。"

"不幸的是，没有宴会了。"埃德蒙说，"天已经不早了，看影子拉得多长。你们有没有注意到，天气也没那么热了？"

"如果要在这里过夜的话，需要生一堆篝火。"彼得说，"我这里有火柴。我们去看看能不能捡些干柴。"

大家都觉得这个建议很有道理，接下来的半个小时，他们很忙碌。最初进入废墟时穿过的那个果园，竟然是一个捡柴火的理想地方。他们到城堡的另一侧试了试，通过一道小侧门出了大厅，进入一个由巨石和凹坑构成的迷宫，这里以前肯定是一条条走廊和一个个小房间，现在却荆棘蔓生，点缀着朵朵野玫瑰。再往前，他们发现城堡的围墙上有一个大豁口，穿过去是一片树林，里面的树更高大、更黝黑，地上到处都是大大小小的枯树枝、烂木头、干树叶和冷杉果。他们一趟趟地抱回柴火，最后在台子上放了一大堆。跑第五趟的时候，他们发现了那口井，就在大厅外面，隐藏在杂草丛中。他们把杂草清除干净后，发现井很深，里面的水是干净而清澈的。

井的周围，有半圈石头人行道的废墟。两个女孩去再摘一些苹果，两个男孩留下来生火，在台子上靠近两面墙夹角的地方，他们觉得这里生起火来最暖和、最舒服。点火的时候遇到很大困难，用了许多火柴，但总算把火生起来了。终于，四个人坐了下来，背对墙壁，面朝篝火。他们把苹果穿在棍子上烤，可是不放糖的烤苹果不怎么好吃,而且太烫了,没法用手拿着吃,等放凉了吧,又都不想吃了。所以只好满足于生吃苹果了。埃德蒙说,这使人联想到学校的晚餐其实并没那么糟糕——"此时此刻,我倒愿意来一片厚厚的面包加黄油。"他又补了一句。不过他们内心都激荡着探险的热情,没有谁真的想回到学校去。

吃完最后一个苹果后不久,苏珊到外面的井边去汲水,回来时手里拿着什么东西。

"看,"她用几乎喘不过气来的声音说,"我在井边找到的。"她把那东西递给彼得,坐了下来。其他人看她的样子,听她的声音,感觉她快要哭了。埃德蒙和露西赶紧弯腰去看彼得手里是什么——一个小小的、亮晶晶的东西,在火光里闪烁。

"咦,我——我搞不懂了。"彼得说,他的声音听上去也怪怪的。接着他把那东西递给其他人。

大家这才看清了——一个骑士棋子,大小很普通,但拿在手里特别重,因为是纯金做的。马脑袋上的眼睛是两粒小小的红宝石,准确地说是其中一只眼睛,另一只眼睛已经被敲掉了。

"哎呀!"露西说,"跟我们在凯尔帕拉维尔城堡当国王和女王时下棋用的那副纯金棋子一模一样。"

"别难过,苏。"彼得对另一个妹妹说。

"我忍不住。"苏珊说,"它使我想起——哦,曾经那么美妙的时光。我想起跟半羊人和好巨人一起下棋,人鱼们在海里唱歌儿,我那匹美丽的马——还有——还有——"

"好了,"彼得用一种完全不同的声音说,"现在我们四个应该开始动动脑子了。"

"什么事?"埃德蒙问。

"你们谁都没有猜到这是哪里吗?"彼得说。

"接着说,接着说。"露西说,"我几个小时前就开始觉得这地方有一种奇妙而神秘的气氛。"

"快说吧,彼得,"埃德蒙说,"我们都听着呢。"

"我们就是在凯尔帕拉维尔城堡的废墟里呀。"彼得说。

"可是,"埃德蒙回答,"我是说,你怎么得出这结论的呢？这地方很久以前就成了废墟。看看那些树都长到城门上了。再看看这些石头。谁都看得出来，这里已经好几百年没有人居住了。"

"我知道。"彼得说，"难点就在这里。但我们暂时不去管它。我一点点地给你们解释。第一点，这个大厅的形状和大小跟凯尔帕拉维尔城堡的那个大厅完全一样。你们想象一下上面有个屋顶，再想象一下脚下不是杂草，而是彩色的地砖，墙上挂着织锦，这就成了我们的皇家宴会厅了。"

没有人说话。

"第二点，"彼得继续说道，"城堡原来的井就在我们那口井的位置上，从大厅往南一点儿。大小和形状也一点不差。"

还是无人响应。

"第三点，苏珊刚才捡到了我们以前的一颗棋子——或跟那些棋子一模一样的东西。"

仍然无人作声。

"第四点。你们不记得了吗——就是卡乐门王国的

使节到来的前一天——在凯尔帕拉维尔城堡的北门外栽了这片果园,你们不记得了吗?最厉害的果树女神波摩纳亲自过来施了魔法保佑它。负责挖土的是那些非常体面正直的小家伙——鼹鼠。你们难道忘了鼹鼠首领,那个名叫花手套的老滑稽,拄着他的铲子说:'相信我吧,陛下,你有朝一日会为这些果树感到高兴的。'天哪,他说得太对了。"

"我记得!我记得!"露西拍着巴掌说。

"可是你听我说,彼得,"埃德蒙说,"这肯定是胡思乱想。首先,我们没有把果树栽得紧靠大门。我们不可能干出那样的傻事。"

"当然没有,"彼得说,"是果树后来自己长到了大门上。"

"还有一点,"埃德蒙说,"凯尔帕拉维尔城堡不在一座岛上。"

"是的,我一直在考虑这点。但它当时就是个——你们管它叫什么来着?是个半岛。跟一座岛也差不了多少。难道它就不会在我们之后变成一座岛?有人挖通了一条水道。"

"慢着！"埃德蒙说，"你口口声声说在我们之后。可是我们从纳尼亚回去只有短短一年。难道你想说，就在这一年里，城堡倒塌，长出了大片的密林？那些我们亲眼看着栽下的小树变成了一座古老的大果园？天知道还有其他什么！这都是绝对不可能的。"

"还有一点，"露西说，"如果这里是凯尔帕拉维尔城堡，台子的这头应该有一道门。实际上我们此刻就应该背对那道门坐着。你们知道的——就是通向百宝屋的那道门。"

"我估计这儿不会有门。"彼得说着，站了起来。

他们身后的墙上爬满了厚厚的常春藤。

"很快就能弄明白。"埃德蒙说，拿起一根他们准备添火的棍子。他开始抽打覆盖着常春藤的墙壁。啪，啪，棍子一下下抽在石墙上。啪，啪，他继续抽打。突然，咚，咚，声音完全变了，是一种空洞的木头声。

"我的天哪！"埃德蒙说。

"必须把这些常春藤清理掉。"彼得说。

"哦，先别管它了，"苏珊说，"明天早晨再试吧。如果要在这里过夜，我可不希望背后有一扇敞开的门和一个巨大的黑洞，除了穿堂风和湿气，什么东西都有可能钻出来。天很快就黑了。"

"苏珊！你怎么能这样？"露西责备地看了她一眼，说道。两个男孩都太兴奋了，根本没有留意苏珊的建议。他们用手和彼得的小刀对付常春藤，后来小刀断了，就用埃德蒙的那把。不一会儿，他们坐的地方就被常春藤覆盖了。最后终于把门清理出来了。

"不用说，是锁着的。"彼得说。

"可是木头都烂了，"埃德蒙说，"一眨眼的工夫就能把它砸碎，还能增加一些柴火呢。来吧。"

花的时间比他们原来想的多，门还没砸开，大厅的光线就变暗了，头顶上空露出了一两颗星星。两个男孩站在一堆碎裂的木头上，擦去手上的污垢，盯着他们砸出的那个黑乎乎、冷冰冰的豁口，不止苏珊一个人感到有点儿不寒而栗。

"来一根火把。"彼得说。

"哦，有什么用呢？"苏珊说，"埃德蒙也说了——"

"我现在不说了。"埃德蒙打断了她的话。"我仍然没弄明白，但可以待会儿再说。彼得，我想你是要下去的吧？"

"必须下去。"彼得说，"高兴一点吧，苏珊。现在我们回到了纳尼亚，就不能表现得像小孩子那样了。你是这里的一位女王呢。而且，心里揣着这么大的一个秘密，谁也不可能睡得着。"

他们试着用长棍子做成火把，但没有成功。如果把点着的那头朝上举着，火很快就灭了，可如果倒过来，手就被烧伤了，而且烟会蹿到眼睛里。最后，只好用埃德蒙的手电筒了。幸好这是不到一星期前收到的生日礼物，电池几乎还是新的。埃德蒙拿着手电筒先进去，接着是露西和苏珊，彼得在最后压阵。

"我走到了楼梯顶上。"埃德蒙说。

"数数有多少级。"彼得说。

"一——二——三——"埃德蒙一边数，一边小心翼翼地往下走，一直数到十六。"到底了。"他扭头喊道。

"肯定是凯尔帕拉维尔城堡了,"露西说,"当时的楼梯就是十六级。"之后大家便没再说话,直到四个人挤挤挨挨地站在了楼梯脚下。埃德蒙用手电筒慢慢地画着圈儿。

"哦——哦——哦!!"孩子们异口同声地说。

现在他们都知道了,这确实是凯尔帕拉维尔城堡那间古老的百宝屋,而他们曾在凯尔帕拉维尔担任纳尼亚的国王和女王。屋子中央有一条甬道(就像暖房里的那种),甬道两边间隔排列着华丽的铠甲,如同骑士在守护财宝。在甬道两边的铠甲之间,是一排排搁架,里面摆满了珍贵的宝物——项链、手链、戒指、金碗、金盘、长长的象牙、胸针、冠状头饰和金链子,一堆堆没有镶嵌的宝石随随便便地放在那里,就像大理石和土豆似的——钻石,红宝石,红玉,翡翠,黄玉,紫水晶。搁架下面是一些橡木大箱子,用铁皮加固,锁着沉甸甸的挂锁。屋里寒冷刺骨,而且非常寂静,静得能听到自己的呼吸声。宝物上积满了灰尘,要不是他们明白自己是在哪里,并想起了许多往事,可能都不会知道这些东西是稀罕的财宝。这地方有一种悲哀的气氛，使人感觉有点害怕，因为一切看上去都那么凄凉而久远。因此，至少有一分钟谁也没说话。

当然啦，他们接着便开始走动，把一些东西拿起来看看。就像跟久别的老朋友相会一样。如果你在场，可能会听见他们说一些这样的话："哦，看啊！我们的加冕戒指——你还记得第一次戴它的情景吗？""哎呀，这就是我们都以为丢了的那枚小胸针！""唷，这不是你在孤独群岛那次盛大比赛上穿的铠甲吗？""你还记得矮人替我做了那个吗？""你还记得从那个牛角里喝酒吗？""你还记得吗，你还记得吗？"

突然，埃德蒙说："我说，我们可不能浪费电池了，也许以后还要经常用它呢。最好拿上自己想要的东西，赶紧出去吧。"

"必须拿上那些礼物。"彼得说。很久很久以前，在纳尼亚的一个圣诞节，他、苏珊和露西曾经得到了几件礼物，被他们看得比整个王国还要珍贵。埃德蒙没有得到礼物，因为当时没跟他们在一起。（这只能怪他自己，

你可以在另一本书里读到这个内容。）

他们都赞同彼得的话，顺着小路走向百宝屋那头的墙，果然，那些礼物依然挂在那儿呢。露西的礼物最小，只是一个小瓶子。但这瓶子不是玻璃的，而是钻石做的，里面还有大半瓶魔法强身剂，几乎可以治愈所有的创伤和疾病。露西一言不发，神情十分严肃，取下她的礼物，把带子挎在肩膀上，再一次感到瓶子像以前一样悬挂在她的身体一侧。苏珊的礼物是弓箭和号角。弓还在，象牙的箭筒也在，里面装满了插着羽毛的箭，可是——

"哦，苏珊，"露西说，"号角呢？"

"哦，糟糕，糟糕，糟糕，"苏珊想了一会儿，说道，"我记起来了。最后那天，就是我们去猎捕白鹿的那天，我把它带在身上的。后来我们跌跌撞撞地回到另外那个地方——我指的是英国，肯定不小心把它弄丢了。"

埃德蒙吹了声口哨。这真是个巨大的损失。要知道那是一个魔法号角，不管你在哪里，只要一吹，就肯定会有人来帮助你。

"在这样的地方，正用得着那种东西呢。"埃德蒙说。

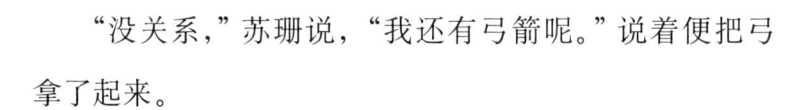

"没关系,"苏珊说,"我还有弓箭呢。"说着便把弓拿了起来。

"弦不会断吗,苏?"彼得说。

不知是不是因为百宝屋的空气含有某种魔法,弓弦的状态依然完好。苏珊擅长箭术和游泳。不一会儿,她就把弓拉弯,轻轻拨了一下弦。砰,一个清脆的声音在整个房间里回荡。跟之前发生的这么多事情相比,这短促的一声更强烈地唤起了孩子们对昔日时光的回忆。所有的战役、狩猎和宴会,都像潮水般涌入脑海。

苏珊松开弓弦,把箭袋背在身上。

接着,彼得取下他的礼物——刻着红色大雄狮的盾牌和那把帝王宝剑。他吹了吹,又在地上轻轻敲敲,除去上面的灰尘。他把盾牌固定在手臂上,把宝剑挂在身侧。起初担心宝剑生锈,粘在剑鞘里拔不出来。然而没有。他潇洒地一抽,宝剑出鞘,在手电筒的照耀下寒光闪烁。

"这是我的宝剑莱茵敦,"他说,"我当年用它杀死了恶狼。"他声音里有了一种新的语调,其他人都觉得他真

的又成了彼得至尊王。停了一会儿,大家才想起必须节约电池了。

他们又爬上楼梯,生起一堆旺火,躺下来互相偎依着取暖。地面硬邦邦的,很不舒服,但最后还是都睡着了。

第3章 矮 人

　　露天睡觉最糟糕的一点，就是醒得特别早。而且一醒就必须起来，因为地面太硬，很不舒服。如果早饭除了苹果没有别的东西，就更惨了，要知道前一天的晚饭也只吃了苹果。露西说这是个灿烂的早晨——说得很对——实际上也没有别的好话可说了。埃德蒙说出了大家的感觉，"我们一定要离开这个岛。"

　　他们喝了井里的水，用水泼了泼脸，便顺着小溪走回到海滩，盯着把他们与陆地隔开的那道海峡发呆。

　　"只能游过去了。"埃德蒙说。

　　"苏倒是没问题，"彼得说（苏珊曾在学校拿过游泳比赛奖），"别人怎么样就不知道了。"他说的"别人"，

实际上指的是埃德蒙和露西,埃德蒙在学校游泳池里游不了一个来回,露西则差不多是个旱鸭子。

"而且,"苏珊说,"可能会有潮流。爸爸说过,千万别在自己不熟悉的地方游泳。"

"可是,彼得,"露西说,"你听我说。我知道我在家里——我指的是英国——根本不会游泳。可是很久以前——如果是很久以前的话——我们在纳尼亚当国王和女王的时候,不是都会游泳的吗?那会儿我们还能骑马,能做各种各样的事情呢。你难道不认为——?"

"啊,但那时候我们好像是成年人呢。"彼得说。

"我们统治了许多许多年,学会做各种事情。现在我们又回到了正常的年龄,不是吗?"

"哦!"埃德蒙说,那语气使大家都停了下来,听他说话。

"我这下明白了。"他说。

"明白什么了?"彼得问。

"哎呀,整个这件事啊。"埃德蒙说,"你们知道,昨天晚上我们怎么也弄不明白,我们离开纳尼亚只有短短一年，可是看这里的一切，似乎凯尔帕拉维尔城堡已经好几百年没人居住了。怎么样，明白了吗？你们知道，不管我们觉得自己在纳尼亚生活了多久，最后通过衣柜回去的时候，却似乎根本没占用什么时间，对不对？"

"接着说，"苏珊说，"我也好像开始明白了。"

"这就意味着，"埃德蒙继续说道，"一旦离开纳尼亚，你就不知道纳尼亚的时间是怎么流逝的。为什么我们在英国只过了短短一年，而纳尼亚却经历了好几百年呢？"

"天哪，埃德，"彼得说，"我相信你是对的。从这层意义上说，我们在凯尔帕拉维尔城堡生活实际上已是几百年前的事。现在我们又回到纳尼亚，就像十字军战士、盎格鲁-撒克逊人或古代英国人之类的回到了现代英国社会一样，对不对？"

"他们看到我们该多么激动啊——"露西的话没说完，大家就七嘴八舌地说，"嘘！""快看！"因为出现了异常的动静。

右边不远的陆地上有一个树木繁茂的海角，他们都相信海角过去肯定就是河口。此刻，从那个海角后面冒

出了一条小船。小船离开海角后,便掉过头,顺着海峡朝他们驶来。船上有两个人,一个在划桨,另一个坐在船尾,手里抓着一捆东西,那东西不停地扭动着,好像活的一样。这两个人看上去像士兵。头戴钢盔,身上穿着轻型的锁子甲。脸上胡子拉碴,线条粗硬。孩子们从海滩退回到树林里,一动不动地观察着。

"行了。"小船差不多驶到他们对面的时候,船尾的那个士兵说。

"要不要在他脚上绑块石头,下士?"另一个放下手中的桨,说道。

"加恩!"对方粗声大气地说,"不需要,而且我们没带石头。没有石头他也肯定会淹死,只要我们把绳子绑紧一点。"说完,他就起身举起那捆东西。彼得这才看清那果然是个活物,是个矮人,手和脚都被捆着,正在拼命挣扎。接着,耳边传来砰的一声轻响,随即看见那个士兵举起胳膊,把矮人扔在船底,自己一头落入水中,手忙脚乱地游向对岸。彼得知道是苏珊的箭射中了他的头盔。他转过身,看见苏珊脸色煞白,已经把第二枚箭搭上了弓弦。可是根本没有用上。第二个士兵看见同伴落水，立刻大喊一声，从小船的那头跳出去，躺在水里胡乱扑腾着（看样子水深跟他身体的厚度差不多），随后钻进陆地上的树林不见了。

"快！别让小船漂走！"彼得喊道。他和苏珊虽然都穿着衣服，却奋不顾身地跳到水里，在海水淹到他们肩膀之前，总算用手抓住了船帮。几秒钟后，他们就把船拖到岸上，把矮人抬了出来，埃德蒙忙着用小刀割断矮人身上的绳索。（彼得的宝剑更锋利些，可是用宝剑做这件事很不方便，因为你只能握着剑柄，不能抓住剑刃。）最后，矮人被解放了，他坐起身，揉了揉腿和胳膊，激动地说：

"哎呀，不管他们怎么说，你们看上去不像鬼魂啊。"

他像大多数矮人一样，又矮又壮，肩宽体阔。如果站直了约莫有三英尺高，一大蓬粗硬的红色连鬓胡子把脸遮得严严实实，只能看见一个鹰钩鼻，和两只闪闪发亮的黑眼睛。

"好吧，"他继续说道，"不管是不是鬼魂，你们救了

我的命，我对你们感激不尽。"

"可是你凭什么说我们是鬼魂呢？"露西问。

"我从小就听人讲，"矮人说，"海滩边上这些树林里的鬼魂跟树一样多。大家是这么传说的。如果他们想除掉什么人，通常就带到这里（就像刚才对付我那样），说是把他交给鬼魂。我总怀疑他们实际上是把那些人淹死了，或一刀割断了喉咙。我从来不怎么相信有鬼魂。但你们刚才射中的那两个胆小鬼对此深信不疑。对于带我来送死，他们比我自己还要害怕呢！"

"噢，"苏珊说，"怪不得他们俩都逃跑了呢。"

"什么？你说什么？"矮人说。

"他们逃走了,"埃德蒙说,"逃回陆地了。"

"其实我没打算把他们射死。"苏珊说。她不愿意别人以为她这么近的距离都没射中。

"嗯。"矮人说,"那可不妙。可能会留下后患。除非他们为了保命,管住自己的舌头。"

"他们为什么要把你淹死呢?"彼得问。

"噢,我是个危险的罪犯。"矮人语气欢快地说,"可是说来话长。这会儿,我还以为你们也许会请我吃早饭呢。你们不知道,被处死刑会让一个人胃口大开啊。"

"只有苹果。"露西郁闷地说。

"那也比什么都没有强,不过还是活鱼好吃。"矮人说,"看样子我倒要请你们吃早饭啰。我看见那条小船里有渔具。而且,我们反正要把船开到小岛的另一边去。可不能让陆地上的人下来看见它。"

"我也应该想到的。"彼得说。

四个孩子和矮人下到海边,费力地把小船推进水中,然后七手八脚地爬上船。矮人立刻成了总指挥。当然,船桨对他来说太大了,所以彼得划船,矮人掌舵,让小

船顺着海峡往北,很快便向东一拐,绕过海岛的尖端。从这里孩子们能一直看到河的上游,以及更远处海岸线上的海湾和海岬。原以为能依稀辨认出一些景物,可是在他们那个时期之后生长出来的茂密树林,使一切看上去都全然不同了。

小船绕到海岛东边开阔的水域,矮人便开始捕鱼了。他捕获了许多帕文鱼——一种漂亮的彩虹色的鱼,孩子们都记得以前在凯尔帕拉维尔曾经吃过。鱼捕够了,他们把船划到一个小湾里,系在一棵树上。矮人是个特别能干的人(确实,虽然有时会碰到坏矮人,但我从没听说过哪个矮人是废物),把鱼剖开,清洗干净,说道:

"好了,接下来我们需要的是一些柴火。"

"我们在城堡里有一些。"埃德蒙说。

矮人低声吹出一个哨音。"我的老天爷啊!"他说,"这么说,真的有座城堡?"

"只是一片废墟。"露西说。

矮人一个接一个地看着他们四个,脸上的表情非常奇怪。"到底是谁——?"他没说完就打住话头,说道,

"不管它了，先吃早饭。可是有一件事需要先说清楚。你们能不能把手放在心窝上告诉我，我真的还活着？你们真的认为我没有淹死，我们不是一群鬼魂？"

他们向他再三保证之后，接下来的问题就是怎么搬运这些鱼。没有绳子把鱼穿起来，也没有篮子。最后不得不用上了埃德蒙的帽子，因为别人都没戴帽子。埃德蒙如果不是饿得发疯，肯定会对此不依不饶的。

起初，矮人在城堡里似乎不太自在。他不停地东张西望，嗅来嗅去，说："嗯。还是有点儿吓人。而且有一股鬼魂的气味儿。"后来生起篝火，教他们用小火烤新鲜的帕文鱼时，他才高兴起来。没有叉子，只能五个人轮流用一把小刀切那滚烫的鱼，弄得乱七八糟，一顿饭没吃完就烫伤了几个手指头。可是现在已经九点，他们五点钟就起来了，所以即使烫伤了手指，也不像我们以为的那样在意。最后，喝了点井里的水，又吃了一两个苹果，大家结束了早餐。矮人拿出他胳膊那么长的一个烟斗，装满了碎烟叶，点着火，喷出一大股香喷喷的烟，说道："好了，说吧。"

"你先说说你的故事,"彼得说,"然后我们再把我们的故事告诉你。"

"好吧,"矮人说,"既然你们救过我的命,就只能按你们的意思来了。但我真不知道从哪儿说起。首先,我是凯斯宾国王的信使。"

"他是谁?"四个声音同时问道。

"凯斯宾十世,纳尼亚国王,祝他的统治万古长青!"矮人回答,"换句话说,他应该成为纳尼亚的国王,我们都希望他是。目前他只是我们老纳尼亚民众的国王——"

"请问,'老纳尼亚民众'是什么意思?"露西问。

"哎呀,就是我们。"矮人说,"可以说我们是在造反呢。"

"明白了。"彼得说,"凯斯宾就是老纳尼亚民众的首领。"

"嗯,可以这么说吧。"矮人挠了挠头顶,说道,"他自己实际上是一个新纳尼亚人,一位远航者,但愿你们能听懂我的意思。"

"我没懂。"埃德蒙说。

"这比玫瑰战争还要复杂呢。"露西说。

"哦,天哪,"矮人说,"我说得太不清楚了。好吧,看来必须回到开头,跟你们说说凯斯宾是怎样在他叔叔的朝廷里长大,怎样站到我们这一边来的。可是说来话就长了。"

"这样更好,"露西说,"我们喜欢听故事。"

于是,矮人坐下来,开始讲故事。我不想逐字逐句地记录他的话,并把孩子们的提问和打岔都加进来,那样一来就太长太乱了,而且,即使那么做,也会漏掉一些孩子们后来才听到的重要内容。他们最终知道的故事大致是这样的。

第4章 矮人讲述凯斯宾王子的故事

凯斯宾王子跟他的叔叔婶婶一起住在纳尼亚中央的一座大城堡里,叔叔米拉兹是纳尼亚国王,婶婶一头红发,被称为普鲁斯米娅。凯斯宾父母双亡,最喜欢的人是他的保姆。虽然贵为王子的他有许多奇妙的玩具,它们除了不会说话,几乎无所不能,但他最喜欢的还是一天快要结束时,把玩具都收进柜子里,听保姆给他讲故事。

他不怎么喜欢叔叔婶婶,但叔叔每星期两次派人叫他过去,跟他一起在城堡南边的平台上来来回回走半个小时。一天,他们这么做的时候,国王对他说:

"孩子,我们不久就得教你骑马和舞剑了。你知道,我和你婶婶没有孩子,看样子我去世后要由你来当国王了。你认为怎么样，嗯？"

"我不知道，叔叔。"凯斯宾说。

"不知道，嗯？"米拉兹说，"啊，我真想知道一个人除此之外还能有什么别的愿望！"

"反正，我还有愿望。"凯斯宾说。

"你有什么愿望？"国王问。

"我希望——我希望——希望我能生活在古代。"凯斯宾说。他当时还是个年幼的小男孩。

在此之前，米拉兹国王说话时一直带着某些成年人那种厌烦的神情，使你一眼就能看出，他其实对你说的话并不感兴趣，然而此刻，他突然用十分犀利的目光看着凯斯宾。

"哦？怎么回事？"他说，"你指的是什么古代？"

"哦，您不知道吗，叔叔？"凯斯宾说，"那时候一切都跟现在不一样。所有的动物都会说话，河里、树上都住着善良的精灵。他们被称作林神和树仙。还有矮人。树林里到处都是可爱的小半羊人，他们的脚像山羊一样。还有——"

"一派胡言，都是哄小孩子玩儿的，"国王严厉地说，"只配说给小孩子听，懂吗？你已经长大了，不该再相信这些鬼话。在你这个年纪，应该考虑的是战争和冒险，而不是童话故事。"

"哦，可是那个时候也有战争和冒险呀，"凯斯宾说，"神奇的冒险。曾经有一个白女巫，自称为整个国度的女王。她施了魔法，使这里一年到头都是冬季。后来，从什么地方来了两个男孩和两个女孩，杀死了女巫，成了纳尼亚的国王和女王，他们的名字叫彼得、苏珊、埃德蒙和露西。他们统治了很长很长时间，每个人都生活得很好，这一切都是因为阿斯兰——"

"他是谁？"米拉兹说。如果凯斯宾稍微年长一点儿，就会从叔叔的语气里听出自己最好闭嘴，可是他还是继续说个不停。

"哦，您不知道吗？"他说，"阿斯兰就是从大海上来的那头了不起的雄狮呀。"

"这些胡言乱语都是谁告诉你的？"国王用雷鸣般的嗓音说。凯斯宾吓坏了，没有回答。

"陛下,"米拉兹国王说,松开了之前一直抓着的凯斯宾的手,"我要求你必须回答。看着我的脸。是谁在跟你说这些谎言?"

"保——保姆。"凯斯宾结结巴巴地说,忍不住哭了起来。

"别哭了。"叔叔说,抓住凯斯宾的肩膀摇了摇,"别哭了。永远别让我听见你再胡扯那些鬼话,想也不许想。那些国王和女王根本不存在。怎么可能同时有两位国王呢?而且压根儿就没有阿斯兰,也没有狮子这种东西。从来没有什么时候动物会说话。你听见了吗?"

"听见了,叔叔。"凯斯宾哭着说。

"那好,不谈这件事了。"国王说。他叫来站在平台远端的那位侍从,用冷冰冰的口气说:"领殿下去他的寝宫,叫殿下的保姆立刻来见我。"

第二天凯斯宾才发现自己做了一件多么可怕的事,保姆被打发走了,甚至没允许她跟他说声再见,接着他被告知将要有一位私人教师。

凯斯宾非常想念保姆,流了许多眼泪。他太难过了,

比以前更经常地沉浸在纳尼亚的古代故事里。他每天晚上都梦见矮人和树仙，还想方设法地让城堡里的猫啊狗啊，跟他说话。可是狗只会摇尾巴，猫只会呜噜呜噜叫。

凯斯宾本来以为他肯定会讨厌新来的教师，一星期后教师来了，却是那种几乎让人不可能不喜欢的人。他是凯斯宾见过的身材最矮，却最肥胖的男人。一把长长的、银白色的尖胡子，一直拖到腰际，褐色的脸膛上皱纹密布，看上去很聪明、很丑陋，也很善良。他嗓音严肃，眼神欢快，除非你跟他特别熟悉，不然很难弄清他什么时候认真，什么时候在开玩笑。他叫康奈留斯博士。

在康奈留斯博士教授的所有课程中，凯斯宾最喜欢的是历史。在此之前，除了保姆讲的故事，他对纳尼亚的历史一无所知，当得知王室家族是后来才进入这个国家时，他感到非常吃惊。

"是陛下的祖先，凯斯宾一世，"康奈留斯博士说，"首次征服了纳尼亚，创建了他的王国。是他把你们整个民族带入这个国度。你们根本不是土生土长的纳尼亚人，而是台尔马人——也就是说，你们都来自西山之外遥远的台尔马大陆。因此，凯斯宾一世被称为征服者凯斯宾。"

"请问，博士，"有一天凯斯宾问道，"我们从台尔马过来之前，是谁在纳尼亚生活呢？"

"在台尔马人掌权之前，没有人——或很少有人——在纳尼亚生活。"康奈留斯博士说。

"那么我的祖先被谁征服了呢？"

"应该说'把谁征服了'，陛下，"康奈留斯博士说，"也许我们应该从历史转向语法了。"

"哦，求求您，先不要吧！"凯斯宾说，"我的意思是，难道没有一场战役吗？如果没有人抵抗，为什么称他为征服者凯斯宾呢？"

"我说过，当时纳尼亚几乎没有什么人。"博士说，透过他的大眼镜，用非常奇怪的目光看着男孩。

凯斯宾一开始迷惑不解，接着他的心突然欢跳起来。"您的意思是，"他激动地说，"有别的生物？您的意思是就像故事里说的那样？当时——？"

"嘘！"康奈留斯博士说，把脑袋凑近凯斯宾耳边，

"别再说一个字了。你难道不知道,你的保姆就因为跟你讲了古纳尼亚的事才被赶走的?国王会不高兴的。如果他发现我跟你讲这些秘密,你就会遭到鞭打,而我则会被砍掉脑袋。"

"可是为什么呢?"凯斯宾问。

"我们真的应该开始学习语法了。"康奈留斯博士大声说,"请陛下把普尔维路冷图斯·希克斯课本翻到第四页的'语法园地',让词形变化规则的凉亭朝聪明的年轻人欣然开放。"

接下来一直到吃午饭的时候,教授讲的都是名词和动词,但我认为凯斯宾并没学到多少。他太兴奋了。他知道,康奈留斯博士如果不打算以后告诉他更多的秘密,是不会跟他说这些话的。

在这一点上他没有失望。几天后,教师说:"今晚我要给你上一节天文课。半夜,有两颗高贵的行星,塔瓦和阿拉姆比,将会以一度之差擦肩而过。这种交汇两百年才会发生一次,陛下这辈子不会再看见第二回。今晚你最好早点上床。两颗行星快要交汇时,我会过来叫醒你。"

这似乎跟凯斯宾真正想听的老纳尼亚没什么关系，但半夜起床总归是有趣的，所以他还是很高兴。当晚上床睡觉时，他开始还以为自己肯定睡不着，结果不一会儿就迷糊过去了，似乎才过了几分钟，就觉得有人在轻轻摇晃他。

他在床上坐起来，看到满屋子的月光。康奈留斯博士裹着一件带兜帽的袍子，手里提着一盏小灯，站在他的床边。

凯斯宾立刻想起了他们要做什么。他起床穿上几件衣服。这是夏天的夜晚，但没想到感觉这么冷，所以，他很高兴博士帮他裹上了一件像他自己穿的那种大袍子，并给了他一双柔软而暖和的厚底靴。片刻之后，教师和学生都裹得严严实实，在漆黑的走廊里很难辨认出他们的身影，脚下的鞋子也几乎发不出一点声音，他们离开了房间。

凯斯宾跟着博士穿过许多走廊，走上几道楼梯，最后通过角楼上的一扇小门，来到外面的前屋顶上。一侧是墙垛，一侧是陡峭的屋顶；下面是城堡的庭院，暗影

幢幢，微光闪烁；头顶上空是明月和繁星。很快，他们走到另一扇门前，进去后便是整个城堡的中央大塔。康奈留斯博士打开门锁，他们顺着黑乎乎的塔楼旋转楼梯往上爬。凯斯宾开始感到兴奋了，以前从未允许他登上这道楼梯。

楼梯又长又陡，但最后还是爬到了塔楼的顶上，凯斯宾好不容易喘匀了气，觉得这番辛苦没有白费。右边，他清楚地看见了远处的西山。左边，是波光粼粼的大河，四下里静悄悄的，都能听见一英里之外河狸堤坝上的瀑布声。他们毫不费劲就找到了想要观察的那两颗星星，

亮晶晶的像两个小月亮一样，互相挨得很近，低低地悬在南边的天际。

"它们不会相撞吗？"他用敬畏的语气问。

"不会的，亲爱的王子，"博士把声音压得很低，"上天的神灵们非常清楚自己的舞步，不会让这样的事情发生。好好观察它们吧。它们的交汇是吉利的，意味着悲哀的纳尼亚国度会遇到天大的好事。胜利之王塔瓦，向和平女神阿拉姆比致敬。很快它们之间的距离就要缩到最短了。"

"可惜那棵树挡住了视线。"凯斯宾说，"其实在西塔楼看得更清楚，虽然它没有这么高。"

康奈留斯博士沉默了约两分钟，一动不动地站在那里，盯着塔瓦和阿拉姆比。然后，他深吸一口气，转向凯斯宾。

"你瞧，"他说，"你看到的景致，是如今活着的人都不曾看见，也绝不会再看见的。你说得对，从那个小塔楼会看得更清楚。我带你上这儿来另有原因。"

凯斯宾抬头看着博士，可是博士的兜帽把他的脸遮

凯斯宾王子

住了大半。

"这座塔楼的优点,"康奈留斯博士说,"是我们下面有六个空房间,和一道长长的楼梯,而且楼梯底部的那扇门是锁着的。我们不会被人听见。"

"您要告诉我那天不肯跟我说的话吗?"凯斯宾说。

"是的。"博士说,"可是请你记住,除了在这里——在大塔的最顶部——我们俩绝不能谈论这些事情。"

"好的,我发誓。"凯斯宾说,"请继续往下说吧。"

"听着,"博士说,"你听说的关于老纳尼亚的那些事情都是真的。这里不是人类的邦国,而是阿斯兰的国度,是智慧树和林神、半羊人和萨梯①、矮人和巨人、神灵和马人,以及会说话的动物们的家园。凯斯宾一世当年就是跟他们作战的。是你们台尔马人让动物、树木和泉水再也发不出声音,并杀戮和驱逐了矮人和半羊人,现在甚至想把对他们的记忆也掩盖起来。国王不允许提及这些事。"

---

① 萨梯,希腊神话中半人半羊的森林之神。

"哦，真希望我们没这么做。"凯斯宾说，"虽然都是过去的事了，但我很高兴它们都是真的。"

"你们族类的许多人暗地里也这么希望。"康奈留斯博士说。

"可是，博士，"凯斯宾说，"您为什么说'你们族类'？我还以为您也是台尔马人呢。"

"是吗？"博士说。

"反正，您是个人类。"凯斯宾说。

"是吗？"博士用低沉的声音又问了一遍，同时把帽子往后一甩，凯斯宾在月光下清清楚楚地看到了那张脸。

凯斯宾立刻意识到了真相，并觉得自己早该想到的。康奈留斯博士这么矮小、这么肥胖，还留着这么长的大胡子。他脑海里同时冒出两个想法。第一个想法很恐怖——"他不是真正的人类，根本不属于人类，他是个矮人，把我带到这上面来是为了杀死我。"第二个想法则充满了喜悦——"世界上还存在着真正的矮人，我终于看见了一个。"

"这么说，你终于猜到了，"康奈留斯博士说，"或猜

得八九不离十了。我不是个纯种的矮人，我身体里也流淌着人类的血液。许多矮人在大战中逃跑，活了下来，剃光胡子，穿上高跟鞋，假装自己是人类。他们混杂在你们台尔马人中间。我就是其中之一，只是半个矮人，如果我的同胞，那些真正的矮人，仍然活在世界的什么地方，他们肯定会鄙视我，称我为叛徒。可是这么多年来，我们从未忘记自己的同胞，从未忘记纳尼亚所有那些快乐的生灵，以及失去已久的自由时光。"

"对——对不起，博士。"凯斯宾说，"您知道，这不能怪我。"

"我说这些事情不是要责怪你，亲爱的王子。"博士回答，"你可能会问我为什么要把它们说出来。原因有两个：第一，我心里这么长时间以来承载着这些隐秘的回忆，不堪重负，如果不把它们轻声向你倾诉，我的心就要爆炸了。第二，你当上国王之后，可能会帮助我们，因为我知道，你虽然是台尔马人，却也喜爱古老的事物。"

"是的，是的。"凯斯宾说，"可是我怎么帮呢？"

"你可以善待像我这样苟且偷生的可怜的矮人。你可以召集有学问的魔法师,想办法再次唤醒那些树木。你可以搜遍每一个角落,每一处荒野,看是否还隐藏有活着的半羊人、会说话的动物或矮人。"

"您认为会有吗?"凯斯宾热切地问。

"我不知道——不知道。"博士深深叹了口气,说道,"有时我担心不会有了。我这辈子一直在寻找他们的蛛丝马迹。有时候好像听见大山里有矮人的击鼓声。有时候,在夜晚的树林里,我仿佛看见半羊人和树精远远地一跳而过。可是当我跑到那里,却总是什么都没有。我经常感到绝望,但总有某种东西让我重新燃起希望,我也说不清。至少你可以争取做一个古代彼得至尊王那样的国王,而不是像你的叔叔那样。"

"那么,那四个国王和女王的故事,还有白女巫的故事,也都是真的了?"凯斯宾说。

"当然是真的。"康奈留斯说,"他们在任期间是纳尼亚的黄金时代,这个国度从未忘记他们。"

"他们当时也住在这座城堡里吗,博士?"

"不,我亲爱的。"老人说,"这座城堡建成没多久,

是你的曾曾祖父修建的。而两位亚当之子和两位夏娃之女是由阿斯兰亲自加冕为纳尼亚国王和女王的,他们住在凯尔帕拉维尔城堡里。现在活着的人,谁也没见过那个神圣的地方,现在恐怕连废墟都消失殆尽了。但我们相信它在离这里很远的地方,在大河的河口处,在大海的岸边。"

"呀!"凯斯宾打了个寒战说,"您是说在黑森林里吗? 就是——就是——你知道,鬼魂出没的地方?"

"陛下说的是别人教你的话,"博士说,"其实都是无稽之谈。那里根本没有什么鬼魂。那是台尔马人编造的谣言。你们的国王特别害怕大海,因为他们无法忘记,在所有的故事里,阿斯兰都是从海上过来的。他们不愿意靠近大海,也不让别人靠近它。所以让大片树林蓬蓬勃勃地生长,把他们的臣民跟海岸隔开。但是他们曾经跟树精吵过架,所以对树林也很害怕。因为害怕树林,就幻想里面充满了鬼魂。国王和大臣既仇恨大海又仇恨树林,一半是自己相信这些故事,一半是怂恿别人相信。他们觉得,如果纳尼亚没有人敢去海边,眺望大海那边阿斯兰的国度,眺望晨曦和世界的东端,就会安全得多。"

他们中间出现了几分钟的静默。然后康奈留斯博士说道:"走吧。我们在这里已经待了很长时间。该下去睡觉了。"

"是吗?"凯斯宾说,"我愿意继续谈论这些事情,谈好长好长时间。"

"如果那样的话,就会有人开始找我们了。"康奈留斯博士说。

第5章 凯斯宾的山中历险

在那之后,凯斯宾和他的私人教师又在主塔的顶部秘密交谈了多次,每次谈话凯斯宾都了解到旧纳尼亚的许多情况。因此,在每天的空闲时间里,他几乎都在思考和梦想那段往昔时光,渴望昔日重来。当然,他的空闲时间并不多,因为对他的教育已经上了正轨。他除了学习宇宙学、修辞学、纹章学、版本学,当然还有历史学,和一些法律、医学、炼金术和天文学,还要学习剑术、骑马、游泳、潜水、射箭、吹笛子、弹琴,以及打鹿,并把死鹿大卸八块。关于魔法学,他只学一些理论,因为康奈留斯博士说王子不适合学习实践部分。"其实我自己,"他补充道,"只是一个不完整的魔法师,只能做一些最不起眼的实验。"凯斯宾什么也没学到,因为米拉兹国王不喜欢航船和大海,但博士说关于航海学"这是一门高贵而勇敢的学问"。

他还学会了如何运用自己的眼睛和耳朵。小时候经常纳闷为什么不喜欢婶婶普鲁斯米娅王后,现在明白了是因为婶婶不喜欢他。他还渐渐发现纳尼亚是一个不幸的国度。高额的征税,严酷的法律,而且米拉兹是个心狠手辣的人。

过了几年,王后似乎病了,城堡上下一片忙乱,御医被召来了,朝臣们窃窃私语。时间正值初夏。一天夜里,大家都围着王后大惊小怪地奔忙,凯斯宾上床刚睡了几个小时,就意外地被康奈留斯博士叫醒了。

"我们要去上天文课吗,博士?"凯斯宾说。

"嘘!"博士说,"请相信我,完全按我告诉你的去做。把所有的衣服都穿上,你将踏上漫长的旅途。"

凯斯宾非常吃惊,但已经对私人教师十分信赖,便立刻照他的吩咐行事。衣服穿好后,博士说:"我给你一个皮囊。我们必须到隔壁房间去,往包里塞满陛下晚餐

桌上的食物。"

"那里会有侍从看守。"凯斯宾说。

"他们睡得很死，不会醒的。"博士说，"我只是个末流的魔法师，但区区一个瞌睡咒还是难不倒我的。"

走进前厅，果然，两个侍从四仰八叉地瘫在椅子上，鼾声如雷。康奈留斯博士迅速切下一只白斩鸡剩余的鸡肉，又切了几片鹿肉，跟面包、一两个苹果和一小袋美酒一起，装进皮囊，递给凯斯宾。皮囊有一根带子挂在凯斯宾肩膀上，就像你背着书本去上学的那种书包。

"你的宝剑拿了吗？"博士问。

"拿了。"凯斯宾说。

"那就把这件斗篷披上，遮住宝剑和皮囊。对，就这样。现在我们必须到主塔上去谈一谈。"

他们到了主塔顶部。这是一个阴云密布的夜晚，跟他们看见塔瓦和阿拉姆比交汇的那个夜晚完全不同，康奈留斯博士说："亲爱的王子，你必须立刻离开这座城堡，在茫茫的大千世界里寻找你的幸福。你在这里有生命危险。"

"为什么？"凯斯宾问。

"因为你是真正的纳尼亚国王——凯斯宾十世，凯斯宾九世的亲生子和继承人。祝陛下长命百岁。"——说到这里，这个小个子男人突然单膝跪地，亲吻凯斯宾的手，使他大吃一惊。

"这都是怎么回事？我不明白。"凯斯宾说。

"我也奇怪你为什么从未问过我，"博士说，"奇怪你为什么明明是凯斯宾国王的儿子，自己却没有成为凯斯宾国王。除了陛下，大家都知道米拉兹是个篡权者。他刚开始掌权时，并没有自称国王，而是自诩护法大臣。可是后来你的母后——善良的国母去世了，她是唯一善待过我的台尔马人。之后，所有认识你父王的大臣一个接一个地死去或消失。不是意外事故，是米拉兹把他们给清除了。贝利扎和乌维拉斯在狩猎中被箭射死，被说成是一场意外。米拉兹把显赫的帕萨里德家族的人都派去跟北疆的巨人作战，结果一个接一个倒在战场上。他以莫须有的叛国罪处死了阿里安、艾里蒙和另外十几个人。河狸堤坝的那兄弟俩，被他说成疯子给射杀了。最后，还有七位高贵的大臣，他们是台尔马人中间仅有的不怕大海的人。米拉兹说服他们驾船远航，寻找东海之外的新大陆，不出所料，他们再也没有回来。这样一来，就不再有人替你说话了，于是那些阿谀奉承者，按照他的吩咐，恳求他登上国王的宝座。他当然不会推辞。"

"您的意思是，他现在也想把我杀死？"凯斯宾说。

"这几乎是可以肯定的。"康奈留斯博士说。

"但为什么是现在呢？"凯斯宾说，"我是说，如果他想杀我，很久以前为什么不动手？我到底怎么得罪他了？"

"因为短短两个小时之前发生的一件事，使他对你改变了想法。王后生了个儿子。"

"我不明白这有什么关系。"凯斯宾说。

"不明白！"博士惊叫起来，"难道我的那些历史课、政治课都白教了吗？听着，他若是自己没孩子，是愿意死后让你当国王的。他也许不怎么喜欢你，但情愿是你，而不是一个陌生人登上宝座。现在他有了自己的儿子，肯定想让亲生子继承王位，你就成了绊脚石。他会把你清除掉的。"

"他真的那么坏吗?"凯斯宾说,"真的会谋害我?"

"他谋害了你的父亲。"康奈留斯博士说。

凯斯宾感到非常惊异,没有说话。

"我可以把这件事原原本本地告诉你,"博士说,"但现在不行。没有时间了。你必须立刻逃生。"

"您跟我一起走吗?"凯斯宾说。

"不敢,"博士说,"那样会使你的处境更加危险。追踪两个人比一个人容易。亲爱的王子,亲爱的凯斯宾国王,你必须非常勇敢。必须独自前行,立刻出发。争取穿过南部边界,前往阿钦兰王国伦恩国王的宫廷。他会善待你的。"

"我再也见不到您了吗?"凯斯宾用颤抖的声音说。

"希望后会有期,亲爱的国王。"博士说,"在这茫茫世界里,我除了陛下还有什么朋友呢?而且我多少会点儿魔法。但请你记住,速度是最关键的。在你走之前,我给你两件礼物。这是一小袋金子——唉,其实这个城堡的所有财富都归你所有啊。还有一个东西,比这有用得多。"

他把一件东西放在凯斯宾手里，凯斯宾看不清是什么，凭感觉知道是一个号角。

"这是纳尼亚最强大、最神圣的珍宝。我年轻的时候多少次担惊受怕，施了数不清的魔法，才把它搞到手。这是苏珊女王本人的魔法号角，是她在黄金时代结束离开纳尼亚时留下的。据说，不管是谁吹响这个号角，都能得到意想不到的援助——谁也说不清有多神奇。它或许有能力把露西女王、埃德蒙国王、苏珊女王和彼得至尊王从过去召唤回来，他们将会匡扶正义。说不定能把阿斯兰本人也唤来呢。拿着吧，凯斯宾国王，但只有在迫切需要的时候才能用它。好了，赶快，赶快，赶快。主塔底部的那扇小门，就是通向花园的那扇，已经打开，我们必须分手了。"

"我能骑上我的骏马德思礼吗？"凯斯宾说。

"它已经被套上马鞍，正在果园的角落里等着你呢。"

他们顺着长长的旋转楼梯往下走，康奈留斯又低声跟他说了许多指示和建议。凯斯宾心情越来越沉重，但尽量把这些话都记在心里。来到空气清新的花园里，他和博士热烈地紧紧握手，然后跑过草坪，在德思礼亲热的嘶鸣声中，凯斯宾国王十世离开了他父辈的城堡。他回身张望，看见了庆祝新王子诞生的满天烟花。

他彻夜骑马南行，在熟悉的乡野里，选择偏僻的羊肠小道穿过树林，之后便一直走大路。对于这次不同寻常的旅行，德思礼跟主人一样兴奋，凯斯宾虽然因辞别康奈留斯博士而热泪盈眶，但想到自己是凯斯宾王子，左边挎着宝剑，右边悬挂着苏珊女王的魔法号角，骑着骏马冒险，便感到勇气倍增，甚至有一种说不出的喜悦。可是白天到来，天空下起了毛毛雨，他环顾四周，发现到处都是陌生的树林、荒凉的灌木丛和连绵的青山，想到世界是这么辽阔、陌生，便不由得感到恐惧和渺小了。

天一大亮，他就离开大路，在树林里找到一片可以休息的开阔草地。他取下德思礼的笼头，让马吃草，自己则吃了一些冷鸡肉，喝了几口红酒，不一会儿就睡着了。醒来时已近黄昏。又简单吃了点东西，便继续赶路，走过许多几近荒芜的小径，一路往南。他现在是在山区，有时上坡有时下坡，但上坡比下坡多。在每一个山头，

凯斯宾王子

他都能看见前面的群山更大更黑。夜幕降临时,他骑马在群山中低矮的山坡间穿行。起风了,没过多久,便大雨如注。

德思礼开始感到不安。空中雷声滚滚。现在他们进入了一座似乎一眼望不到头的黑色松树林,凯斯宾听过的那些树木对人类不友好的故事一下子涌入了脑海。他想起自己毕竟是一个台尔马人,是曾经大肆砍伐树木、跟所有野生动植物作对的种族的一员。就算他本人与其他台尔马人不同,也不能指望这些树木知道这一点。

它们确实不知道。风越刮越猛,周围的树都在怒吼,发出枝杈折断的声音。突然,咔嚓一声巨响,一棵树横

倒在他身后的小路上。"安静，德思礼，安静！"凯斯宾说，拍打着坐骑的脖子，可是他自己也浑身发抖，知道刚才差点儿死于非命。闪电划过天空，一声炸雷响起，似乎把他头顶的天空劈成了两半。

德思礼全速奔跑。凯斯宾是个出色的骑手，却没有力气让马放慢速度。他在马背上坐稳，知道在骏马的狂奔中，他将命悬一线。暮色中，一棵棵树赫然出现在眼前，都被他们惊险地躲过。接着，什么东西打中了凯斯宾的额头，他一下子什么都不知道了，事情发生得突然，来不及感到疼痛，这其实是很疼的。

醒来时，他发现自己躺在一个炉火闪亮的地方，四肢擦伤，头痛欲裂。近旁有几个人在小声说话。

"我说，"其中一个说，"在他醒来前，我们必须决定怎么处置他。"

"弄死他，"另一个说，"不能让他活着。他会出卖我们的。"

"应该当时立刻把他弄死的，或者干脆别管他。"第三个声音说，"现在没法儿杀他了。我们把他搬进来，给他脑袋上缠了绷带,就下不了手了。那感觉就像谋害一个客人。"

"先生们,"凯斯宾用虚弱的声音说,"不管怎么处置我,希望你们能善待我那匹可怜的马。"

"在我们发现你之前,你那匹马早就逃走了。"第一个声音说——凯斯宾这才注意到,这是一个特别沙哑和质朴的声音。

"得了,别让他花言巧语地把你们给骗了,"第二个声音说,"我还是认为——"

"我的老天爷啊!"第三个声音喊了起来,"我们当然不会把他杀死。真丢脸,尼卡比。你说什么,特鲁佛汉特? 我们拿他怎么办呢?"

"我要给他喝点东西。"第一个声音说,这应该就是特鲁佛汉特了。一个黑乎乎的身影走向床边。凯斯宾感觉到一条胳膊轻轻伸到他肩膀下面——其实不能算一条胳膊。那个身影有点儿不对劲儿。那张朝他俯下来的脸似乎也不对劲儿。他注意到那脸上毛茸茸的,鼻子很长,鼻子两侧还有几块奇怪的白斑。"可能是个面具吧,"凯斯宾想,"或者我在发烧,产生了幻觉。"一杯热腾腾的、甜甜的东西送到他唇边,他便喝了。这时另一个人把火捅得更旺,一道火光腾起,一下子照亮了与他对视的那张脸,凯斯宾吓得差点儿尖叫起来。不是人脸,而是一张獾的脸,却比他以前看见过的那些獾更大、更亲切、更有智慧。刚才无疑是他在说话。凯斯宾还发现自己躺在山洞里一张欧石楠铺就的床上。火边坐着两个胡子拉碴的小个子,模样比康奈留斯博士更原始、更矮小、更粗壮,毛发也更浓密,凯斯宾立刻知道他们是真正的矮人,是血管里没有一滴人血的古代矮人。凯斯宾明白,他终于找到了老纳尼亚人。就在这时,他的头又开始晕了。

接下来的几天里,他渐渐知道了他们的名字。獾叫特鲁佛汉特,是三个里最年长、最善良的。想杀死凯斯宾的那个矮人是个坏脾气的黑毛矮人(也就是说,头发和胡子都是黑的,而且像马鬃一样又粗又硬),他叫尼卡比。另一个矮人是红毛矮人,毛发像狐狸一样,名叫特鲁普金。

"好了,"在凯斯宾终于能坐起来说话的第一天晚上,

尼卡比说,"我们还是要讨论一下如何处置这个人类。你们俩不让我杀他,以为自己是大发慈悲。但我认为必须把他终身囚禁。我肯定不会让他活着离开——回到他自己人身边,出卖我们大家。"

"我的天哪!尼卡比,"特鲁普金说,"何必说得这么难听?这家伙一头撞在我们洞外的一棵树上,说起来也不能怪他。而且,我看他的样子不像一个背信弃义的人。"

"听我说,"凯斯宾说,"你们还没弄清我是不是愿意回去呢。我不想回去了。我就想跟你们待在一起——如果你们不反对的话。我一直都在寻找你们这样的人。"

"编得倒挺像的。"尼卡比吼道,"你是台尔马人,是人类对不对?你当然愿意回到自己人身边去。"

"唉,即使我愿意,也回不去了。"凯斯宾说,"我出事的时候正在逃命,国王要杀我。如果你们把我弄死,倒是做了件让他高兴的事。"

"是吗,"特鲁佛汉特说,"不至于吧!"

"什么?"特鲁普金说,"怎么回事?人类,你小小年纪,到底做了什么把米拉兹给得罪了?"

"他是我叔叔。"凯斯宾说。尼卡比立刻一跃而起,把手按在匕首上。

"原来如此!"他喊道,"不仅是台尔马人,而且还是我们死敌的近亲和继承人。你们难道还执迷不悟,想让这家伙活着吗?"要不是獾和特鲁普金把他挡住,摁着他坐回椅子里,他肯定当场就把凯斯宾给刺死了。

"听着,尼卡比,我问最后一遍,"特鲁普金说,"你能不能控制自己,还是必须由我和特鲁佛汉特坐在你脑袋上?"

尼卡比气呼呼地答应不再胡来,另外两个人请凯斯宾把自己的故事从头到尾讲一遍。他讲完后,便是片刻的沉默。

"我从没听过这么奇怪的事。"特鲁普金说。

"我不喜欢。"尼卡比说,"没想到关于我们的故事还在人类间流传。他们对我们知道得越少越好。那个老保姆,哼,她最好管住自己的舌头。那个私人教师把一切都搞乱了,他是个变节的矮人。我恨他们,我对他们的仇恨超过对人类的。你们记住我的话吧——不会有什么

好结果的。"

"自己不明白的事不要胡说，尼卡比。"特鲁佛汉特说，"你们矮人就像人类一样健忘、善变。我是兽类，是一只獾。我们獾不会改变，我们坚持自我。我认为会有非常好的结果。眼前这位是纳尼亚真正的国王，一位正宗的国王，回到了正宗的纳尼亚。即使矮人们忘记了，我们兽类也会记得，只有亚当之子登上王位，纳尼亚才会走上正轨。"

"我的老天爷啊！特鲁佛汉特，"特鲁普金说，"你的意思不会是想把这个国家交给人类吧？"

"我没说过那样的话。"獾回答道，"这不是人类的国度还有谁比我更清楚呢，但这里却是人类可以称王的国度。我们獾拥有深远的记忆，足以知道这点。啊，上天保佑，彼得至尊王不就是一个人类吗？"

"那些老掉牙的故事你也相信？"特鲁普金问。

"告诉你吧，我们兽类是不会改变的。"特鲁佛汉特说，"我们不会忘记。我相信彼得至尊王和在凯尔帕拉维尔执政的其他人，就像我相信阿斯兰本人一样坚定。"

"一样坚定，好吧，"特鲁普金说，"可是如今还有谁相信阿斯兰呢？"

"我。"凯斯宾说，"即使以前不相信，现在也信了。在人类中间，那些嘲笑阿斯兰的人，也嘲笑会说话的兽类和矮人等传说。有时我怀疑是否真有阿斯兰这样一个人物，有时我怀疑是否真有你们这样的生灵存在，而你们确实存在。"

"你说的有道理。"特鲁佛汉特说，"言之有理，凯斯宾国王。不管他们说什么，只要你真诚对待老纳尼亚，就是我的国王。祝陛下长命百岁。"

"你让我恶心，獾。"尼卡比吼道，"彼得至尊王和其他人，或许是人类，但他们是另一种不同的人类。眼前这位却属于该死的台尔马人，他为了取乐而捕猎野兽，是不是，嗯？"他突然对着凯斯宾发问。

"唉，说实话，确实有过。"凯斯宾说，"但它们都不是会说话的兽类。"

"这没什么区别。"尼卡比说。

"不，不，不。"特鲁佛汉特说，"你知道不是这样。"

你非常清楚，如今纳尼亚的兽类已经不一样了，它们跟你在卡乐门或台尔马看到的那些可怜而愚蠢的哑巴动物差不了多少。而且个头也小了。它们跟我们之间的差别，比混血矮人跟你之间的差别还要大。"

他们又谈了很久，最后同意让凯斯宾留下来，甚至答应在他能出门的时候，立刻带他去见特鲁普金所说的"其他人"。显然，在这些荒野的地方，仍然偷偷摸摸地生活着纳尼亚旧时代的各种动物。

第6章　隐居者

凯斯宾开始了他有生以来最快乐的一段时光。一个明媚的夏日早晨,露珠亮晶晶地挂在绿草上,他和獾、两个矮人一起出发,穿过森林来到大山高处的一片洼地,又往下走到阳光普照的南边山坡上,从这里可以眺望阿钦兰王国的大片绿野。

"先到三只胖熊那儿去吧。"特鲁普金说。

他们来到林间空地上一棵布满青苔的中空的大橡树旁,特鲁佛汉特用爪子在树干上敲了三下,没有回音。他又敲了敲,里面传出一个迷迷糊糊的声音,"走开。还没到起床时间呢。"当他第三次再敲时,里面出现了动静,像闹一场小地震似的,接着一道门打开,钻出三只棕熊,

确实肥嘟嘟的,眨巴着他们的小眼睛。他们还没睡醒,所以解释起来颇费周折。事情解释清楚后,他们说的话跟特鲁佛汉特完全一样,认为应该由一位亚当之子担任纳尼亚国王,然后他们都亲吻了凯斯宾——湿漉漉的、令人窒息的吻——并给了他一些蜂蜜。大清早的,又没有面包,凯斯宾其实不想吃蜂蜜,但认为拒绝是不礼貌的。后来,他花了很长时间才消除了黏糊糊的感觉。

他们继续往前走,来到一片高高的山毛榉丛中,特鲁佛汉特大声喊道:"帕特维格!帕特维格!帕特维格!"几乎立刻就有一只绚丽夺目的红松鼠,从一根接一根的树枝上跳过来,落在他们头顶上。凯斯宾从未见过这么漂亮的红松鼠。他比凯斯宾在城堡花园里偶尔看见的那些普普通通的哑巴松鼠大得多,差不多有猎狗那么大,你一看见他的脸就知道他会说话。实际上,难就难在让他停住话头,因为他像所有松鼠一样,喜欢饶舌。他立刻向凯斯宾表示欢迎,问他愿不愿意吃一颗坚果,凯斯宾说:"谢谢,愿意。"当松鼠帕特维格蹦蹦跳跳地去拿坚果时,獾特鲁佛汉特在凯斯宾耳边低语道:"别看，眼睛望着别处。对松鼠们来说，看着别人取存货，或露出想知道存货在哪里的样子，都是不礼貌的。"帕特维格拿着坚果回来了，凯斯宾吃完后，帕特维格问可不可以让他把消息告诉别的朋友。"我可以脚不沾地走遍差不多任何地方。"他说。特鲁佛汉特和两个矮人认为这是个好主意，就吩咐帕特维格给许多名字奇奇怪怪的人带信，叫他们三天后的午夜时分在草地舞场参加晚宴和会议。"最好也告诉三只胖熊一声，"特鲁普金补充道，"我们刚才忘记跟他们说了。"

接下来拜访的是颤抖林的七兄弟。特鲁普金领路回到山间洼地，又往东下山走到北坡，最后来到岩石和冷杉树丛间一个非常肃穆的地方。他们走得轻手轻脚，不一会儿，凯斯宾就能感到脚下的大地在颤抖，似乎有人在地底下敲锤子。特鲁普金走向一块水桶盖那么大的石板，用脚在上面跺了跺。停了很长时间，石板被下面的什么人或什么东西挪开了，露出一个黑乎乎的圆洞，里面冒出大股的热量和水蒸气，洞的中间出现了一个脑袋，是个跟特鲁普金长得很像的矮人。他们交谈了很长时间，

这个矮人的疑心似乎比松鼠和胖熊还重，但最后还是邀请大家到下面的洞里去。凯斯宾发现自己顺着一道黑暗的楼梯往地底下走，到了底部，他看见了火光，是一个打铁炉发出来的。原来这个地洞是个铁匠铺。一条地下河从洞的一侧流过。两个矮人在拉风箱，另一个矮人用一把钳子夹住一块烧得通红的金属，放在铁砧上，第四个矮人在用锤子敲打，还有两个在一块油腻腻的破布上擦着长满茧子的小手，一边上前来迎接客人。特鲁普金他们花了一些时间才让这些矮人相信凯斯宾是朋友，不是敌人。疑虑消除后，矮人们喊道："祝国王长命百岁。"他们的礼物非常高贵——送给凯斯宾、特鲁普金和尼卡比的是锁子甲、头盔和宝剑。獾如果想要，也能得到同样的一套，但他说自己是个兽类，如果不能凭爪子和牙齿保全他的皮肤，还留着它们做什么呢。这些武器做工精美，凯斯宾从没见过这么精致的东西，高兴地接受了矮人制作的宝剑，相比之下，自己原来的那把就像玩具一样单薄，像木棍一样脆弱了。七兄弟（都是红毛矮人）答应到草地舞场去参加宴会。

又往前走了一点,在一个布满岩石的干涸峡谷里,他们来到五个黑毛矮人的山洞。这些矮人以怀疑的目光看着凯斯宾,但是最后,其中那个最年长的说:"如果他是反对米拉兹的,我们就拥戴他为国王。"老二也接着说:"要不要我们替你到哨壁上跑一趟?上面有一两个食人魔和一个妖怪,我们可以介绍你认识。"

"当然不要。"凯斯宾说。

"我也认为不要。"特鲁佛汉特说,"我们这边不需要那样的货色。"尼卡比不同意这个看法,但特鲁普金和獾的意见占了上风。凯斯宾大为惊讶,他发现纳尼亚不仅有老故事里那些好动物的后裔,那些可怕的怪物竟然也生生不息。

"如果让那些乌合之众也混进来,我们就不能跟阿斯兰做朋友了。"他们离开黑毛矮人的山洞时,特鲁佛汉特说道。

"哦,阿斯兰!"特鲁普金说,语气欢快而轻蔑,"不能跟我做朋友才更倒霉呢。"

"你不相信阿斯兰吗?"凯斯宾对尼卡比说。

"不管是什么人或什么东西,"尼卡比说,"只要能把那些该死的台尔马野蛮人打得稀巴烂,把他们赶出纳尼亚,我都相信。不管什么人或什么东西,不管是阿斯兰还是白女巫,明白了吗?"

"闭嘴,闭嘴,"特鲁佛汉特说,"你不知道自己在说些什么。白女巫是比米拉兹和他整个民族更加凶险的敌人。"

"对矮人来说,她不是。"尼卡比说。

接下来的拜访比较令人愉快。他们往下坡走了一段,峰回路转,眼前是一个很大的幽谷或郁郁葱葱的峡谷,一条湍急的小河在底部流过。河边的开阔地上开着大片大片的毛地黄和野玫瑰,小蜜蜂在空中嗡嗡飞舞。特鲁佛汉特又放声喊道:"格兰斯托姆!格兰斯托姆!"过了一会儿,凯斯宾听见了马蹄声。蹄声越来越响,震得山谷都在颤抖,最后,威风凛凛的马人格兰斯托姆带着他的三个儿子,从密林里披荆斩棘,赫然出现。凯斯宾从未见过这么高贵的动物。格兰斯托姆的身体是富有光泽的枣红色,而遮住宽阔胸膛的胡须是金红色的。他是个预言家、观星者,已经知道了他们为什么来。

"祝国王长命百岁。"他大声说,"我和我的儿子做好了战斗的准备。什么时候参战？"

在此之前，凯斯宾和其他人都没认真想过会有战争。也许，模模糊糊地想过偶尔要去袭击某个人类的农庄，或进攻一支狩猎队——如果他们敢跑到这南部的旷野来。可是，总的来说，他们只想着在树林和山洞里过清净日子，并试图偷偷重振旧纳尼亚的雄风。听了格兰斯托姆的话，大家便感到事态严峻得多。

"你说的是一场把米拉兹赶出纳尼亚的真正的战争吗？"凯斯宾问。

"除此之外还能是什么呢？"马人说，"陛下穿着铠甲，佩着宝剑，还有别的原因吗？"

"这可能吗，格兰斯托姆？"獾说。

"时机已经成熟。"格兰斯托姆说，"我观察星空，獾，这是我的本领，就像你的本领是记住往事。塔瓦和阿拉姆比在九天之上交汇，而在地球上，一位亚当之子又一次登上权位，给动物们命名。时钟已经敲响。我们在草地舞场的会议必须是一次战争大会。"他说话的语气，使凯斯宾和其他人不再有任何犹豫：此时此刻，他们感到

很可能赢得一场战争,并知道他们必须发动一场战争。

时间已过中午,他们跟马人们一起休息,吃了马人们提供的食物——燕麦饼,苹果,草类,红酒,奶酪。

他们要去的下一个地方离得很近,但为了避开人类居住的一个地区,不得不绕了一大圈。最后来到平地上的篱笆丛中时,已经是下午三四点了。特鲁佛汉特在绿色篱笆的一个小洞口喊了一声,里面钻出一个凯斯宾怎么也想不到的东西——一只会说话的老鼠。当然啦,他比一般的老鼠大,用后腿站起来有一英尺多高,耳朵差不多跟兔子耳朵一样长,但更宽阔。他叫雷普奇普,是一只天性快乐、骁勇好战的老鼠。他挎着一把轻巧细长的小宝剑,像捻胡须一样转动着自己的腮须。"陛下,我们有十二个,"他潇洒而优雅地鞠了一躬,说道,"我们的所有资源都毫无保留地听从陛下调遣。"凯斯宾拼命忍住笑,他掩饰得很成功,却忍不住想到,一个人毫不费劲就能把雷普奇普和他所有的臣民都装进一只洗衣篮,扛回家去。

如果一一介绍凯斯宾那天见到的所有动物,需要的时间就太长了——鼹鼠厚铲子，三只大尖牙——都是特鲁佛汉特那样的獾、野兔卡米罗、刺猬贪嘴子。最后，他们终于在草地边缘的一口井旁坐了下来，这片圆形的草地平坦开阔，周围种着高高的榆树，此刻榆树投下了长长的影子，因为太阳正在落山，野菊花闭上了花瓣儿，白嘴鸦们都飞回家睡觉去了。他们在这里吃了带的干粮，特鲁普金点燃了烟斗，尼卡比不抽烟。

"唉，"獾说，"如果我们能唤醒这些树和这口井的灵魂就好了，这一天的工作就算圆满结束了。"

"能吗？"凯斯宾说。

"不能。"特鲁佛汉特说，"我们没有那个能力。自从人类来到这片土地，砍伐森林，污染河流，林神和树精就陷入了沉睡。谁知道他们还会不会醒来呢？这是我们这方面的一个巨大损失。台尔马人特别害怕树林，一旦树木气呼呼地行动起来，我们的敌人肯定会怕得发狂，慌不迭地撒开腿脚，一眨眼就被赶出纳尼亚。"

"你们这些动物的想象力真丰富啊！"特鲁普金说，他不相信这类事情。"为什么光说树木和水流呢？如果

石头能把自己扔向米拉兹那个老坏蛋,不是更好吗?"

獾听了这话,只是嘟囔了几句,然后大家便沉默下来,渐渐地,凯斯宾几乎要睡着了,却突然听见身后的树林深处传来若有似无的音乐声。他以为是在做梦,就翻了个身继续睡。可是耳朵刚碰到地面,就感到或听到(很难说清是哪一种)一阵轻轻的敲打声或击鼓声。他抬起头。敲打声立刻变轻,但音乐声又回来了,这次更加清晰。像笛子的声音。他看见特鲁佛汉特坐了起来,盯着树林里。月光很明亮。凯斯宾没想到自己睡了那么久。音乐声越来越近,一个野性的、梦幻般的曲调,还听到许多轻盈的脚步声,最后,一些舞动的身影从树林里来到了月光下,正像凯斯宾一直幻想的那样,他们比矮人高不了多少,但苗条得多,动作也更优雅。长满卷发的脑袋上有小小的犄角,身体的上半部在白色的月光下闪亮,但下面的腿脚都跟山羊的一样。

"半羊人!"凯斯宾喊道,从地上跳了起来,一眨眼间,他们就把他团团围住了。大家几乎没花什么时间就把形势跟他们解释清楚,他们立刻接受了凯斯宾。凯斯宾还没明白是怎么回事，就发现自己加入了跳舞的队伍。特鲁普金也是一样，只是动作更粗笨、更僵硬，就连特鲁佛汉特也勉为其难地在那里一跳一跳，缓慢地移动。只有尼卡比待着没动，默默地在一旁观看。半羊人和着芦笛的声音，围着凯斯宾翩翩起舞。他们奇怪的脸庞看上去既忧伤又快乐，都凝望着凯斯宾的脸。共有几十个半羊人：孟修斯、奥本提努斯、杜姆努斯、沃伦斯、沃提努斯、吉布尤斯、尼米努斯、瑙苏斯和奥斯肯斯。松鼠帕特维格把他们都叫来了。

　　第二天早晨，凯斯宾醒来时，简直不敢相信这一切不是一场梦。可是草地上满是张开的小蹄印。

第7章　危险中的旧纳尼亚

不用说了,他们遇见半羊人的地方就是草地舞场,凯斯宾和朋友们在这里一直待到举行大会的那个夜晚。睡在星空下,只喝井水,主要靠坚果和野果生活,对凯斯宾来说是一段奇异的经历。因为他以前是睡在城堡里,床上都是绫罗绸缎,卧房的墙上挂着织锦,三餐都是用金盘银碟盛着,摆放在前厅的,侍从们随时听他召唤。可是他从没感到这么开心,从没睡得这么香甜,从没吃得这样津津有味,他已经开始变得肌肉结实,脸上的神态也更有国王的风范了。

这个盛大的夜晚来临时,那些各色各样奇怪的臣民们偷偷溜到草地上,有的是一个人来的,有的三三两两，还有的六七个一群——月亮放射出最最皎洁的清辉——凯斯宾看见他们络绎不绝地拥来，听见他们的问候，心中充满了喜悦。他见过的有：胖熊、红毛矮人和黑毛矮人，鼹鼠和獾，野兔和刺猬。他没见过的有：五个颜色像红狐狸一样的萨梯，整支会说话的老鼠分遣队——他们全副武装，吹着刺耳的喇叭，几只猫头鹰，以及寒鸦冈的老乌鸦。最后，跟马人们在一起的，是一个纯种的小巨人（凯斯宾差点儿喘不过气来），枯骨山的威伯维特（小巨人的名字），背上扛着一大筐晕海的矮人。矮人们接受他的好意，让他背着走，现在都后悔了，觉得还不如自己走路。

胖熊迫不及待地想先举办晚宴，然后再开大会，或者第二天再开也行。雷普奇普和他的老鼠队伍说，会议和晚宴都可以等等，提议当天夜里就去进攻米拉兹和他的城堡老窝。帕特维格和其他松鼠说，可以边吃边谈，为什么会议和晚宴不能同时举行？鼹鼠们建议，先在草地周围挖一圈壕沟，再做别的事情。半羊人认为最好先跳一个庄严的舞蹈。老乌鸦赞成胖熊的意见，觉得晚饭前开一次完整的会议太长了,请求允许他对大家发表一个简短的讲话。可是凯斯宾、马人和矮人们否决了所有这些建议,坚持立刻召开一次严肃的战争会议。

终于,他们劝说所有动物围成一圈,安安静静地坐下来,并叫帕特维格别再跑来跑去地嚷嚷"安静!安静,各位,国王要讲话啦!"可这个更难,凯斯宾感到有点儿紧张,他站了起来:"纳尼亚人民!"他说了这一句,就说不下去了,因为就在这时,野兔卡米罗说道:"嘘!附近有个人类。"

他们都是野生动物,习惯了被追捕,一听这话立刻变得像雕像似的一动不动。所有的兽类都把鼻子转向卡米罗指的那个方向。

"闻着像人,但又不完全像人。"特鲁佛汉特悄声说。

"越来越近了。"卡米罗说。

"两只獾和你们三个矮人,准备好弓箭,悄悄地过去迎他。"凯斯宾说。

"我们会搞定的。"一个黑毛矮人冷冷地说,把一支箭搭在弓弦上。

"如果是独自一个,就不要射箭,"凯斯宾说,"抓活的。"

"为什么?"矮人问。

"你照办就是了。"马人格兰斯托姆说。

大家默默等待着,三个矮人和两只獾蹑手蹑脚地朝草地西北面的树林跑去。突然传来矮人的一声尖厉喊叫:"站住!是谁在那儿?"接着是猛地一跃。片刻之后,一个凯斯宾非常熟悉的声音说道:"好的,好的,我没带武器。尊敬的獾,如果你们愿意,就叼住我的手腕吧,但千万别咬断了。我想跟国王说话。"

"康奈留斯博士!"凯斯宾高兴地喊道,冲上去迎接他的老教师。其他人也都围了上来。

"呸!"尼卡比说,"一个变节的矮人,一个杂种!我要不要一剑刺穿他的喉咙?"

"安静,尼卡比。"特鲁普金说,"这家伙没法选择他的出身。"

"他是我最宝贵的朋友,是我的救命恩人。"凯斯宾说,"如果谁不想跟他在一起,可以离开我的队伍,立刻离开。亲爱的博士，很高兴与您再次相见。您是怎么找到我们的？"

"用了一点简单的魔法，陛下。"博士说，因为刚才走得太急，仍然呼哧呼哧地喘着粗气，"可是现在没时间谈这个了。我们必须赶紧全都离开这里。你已经被出卖了，米拉兹正在采取行动。不到明天中午，你们就会被包围。"

"被出卖了！"凯斯宾说，"是谁？"

"肯定是另一个变节的矮人。"尼卡比说。

"是你的坐骑德思礼，"康奈留斯博士说，"那可怜的畜生不懂事。你被甩下马后，它慢慢溜达着回到了城堡的马厩。他们就知道了你逃跑的秘密。我不想被抓进米拉兹的酷刑室审问，就三十六计走为上。凭着我的水晶球猜到了在哪儿能找到你。可是一整天——就是前天——我都看见米拉兹的搜捕队在树林里转悠。昨天听说他的队伍出发了。我认为你们中间的有些——嗯——纯种矮人缺乏应有的树林常识。到处都留下了脚印。这是极大的疏忽。总之，米拉兹由此知道，旧纳尼亚并不像他希望的那样早已消逝,现在他已经采取行动。"

"乌拉!"博士脚边的什么地方传来一个非常尖厉的小声音,"他们尽管来吧!我只要求国王把我和我的队伍派到最前线。"

"怎么回事?"康奈留斯博士说,"难道陛下的军队里还有蚂蚱——或蚊子吗?"他蹲下身,透过眼镜仔细观瞧,突然放声大笑。

"真见鬼,"他道,"是一只老鼠。老鼠先生,我渴望与你相识。能认识你这样一位勇敢的动物,我不胜荣幸。"

"我愿意与您为友,学者先生,"雷普奇普尖声说道,"如果队伍里有哪个矮人——或巨人——敢对您出言不逊,我就让他尝尝我宝剑的厉害。"

"我们哪有时间听这些蠢话!"尼卡比问,"我们的计划是什么?作战还是逃跑?"

"如果需要就作战,"特鲁普金说,"可是我们还没做好准备,而且这里不是一个很利于防守的地方。"

"我不喜欢逃跑。"凯斯宾说。

"对啊!对啊!"胖熊说,"不管做什么,都千万不

要逃跑。特别是不要在晚饭前跑,也别刚吃完晚饭就跑。"

"跑在最前头的人并不总能跑到最后,"马人说,"我们为什么要让敌人选择位置,而不是自己选择呢? 我们去找一个不易攻克的阵地。"

"这很明智,陛下,这很明智。"特鲁佛汉特说。

"可是我们去哪儿呢?"几个声音同时问道。

"陛下,"康奈留斯博士说,"以及你手下的各类动物,我认为我们必须迅速往东,顺着河流到大树林里去,台尔马人不喜欢那个地方。他们一向害怕大海,害怕可能从海上过来的东西。所以大树林才能繁茂地生长。如果传说是属实的,那么凯尔帕拉维尔古堡应该在河口。那个地方对我们很友好,对我们的敌人充满仇恨。我们必须前往阿斯兰古冢。"

"阿斯兰古冢?"几个声音同时问道,"我们不知道那是什么。"

"是一个巨大的土堆,位于大树林的边缘,是纳尼亚人古时候在一片非常神奇的地方垒起来的,那里坐落着——也许至今还在——一块很有魔力的石头。土堆内部被掏空了,形成许多地道和洞穴,魔石就在最中间的那个洞穴里。土堆里可以容纳我们全部人马。那些特别需要隐蔽,特别习惯地下生活的,可以临时住在山洞里。其他人则可以在树林里席地而卧。在紧要关头,我们所有的人,除了这位尊敬的巨人,都可以撤退到土堆里,只要不闹饥荒,不会有任何危险。"

"幸好我们中间有一个学问人。"特鲁佛汉特说。可是特鲁普金压低声音嘀咕道:"什么乱七八糟的!我希望我们的首领别再琢磨那些老太婆的陈年烂事,把心思放在武器和打胜仗上。"但是大家都赞成康奈留斯的建议,于是半小时之后,他们就连夜开拔了。在太阳升起前到达了阿斯兰古冢。

这无疑是一个令人敬畏的地方,一个圆形的绿色土丘,坐落在一座山顶上,早就被郁郁葱葱的树木覆盖,有一道低矮的小门通向内部。里面的地道错综复杂,不熟悉的人会觉得完全是一座迷宫,地道的顶部和侧壁铺着光滑的石头,凯斯宾在昏暗的光线里瞥见那些石头上刻着奇怪的符号和蛇形的图案,以及一些图画,图画上

狮子的形象反复出现。这一切似乎属于一个久远的纳尼亚，比他保姆故事里的那个纳尼亚还要古老。

他们在阿斯兰古冢内部和周围安顿下来之后，命运开始与他们作对了。米拉兹国王的侦察兵很快发现了他们的新据点，米拉兹率领队伍赶到树林边缘。他们发现，敌人的势力远远超出他们的预计，这是经常会出现的情况。凯斯宾看见大批大批敌军潮水般涌来，心情无比沉重。米拉兹的手下也许不敢进入树林，但相比之下，他们对米拉兹的恐惧更强烈，在米拉兹的指挥下，敌军步步深入，有时几乎靠近了阿斯兰古冢。不用说，凯斯宾和各位首领往开阔地带做了许多次突围。白天大部分时间都在作战，夜里有时也战事频发。总的来说，凯斯宾

这边损失惨重。

最后那个夜晚，一切都糟得不能更糟，瓢泼的大雨下了一整天，傍晚时终于停了，却使这里变得冷入骨髓。那天早晨，凯斯宾部署了迄今为止他最大的一场战役，大家把所有的希望都寄托于此。他和大多数矮人将在破晓时分进攻国王的右翼部队，然后，在他们鏖战的同时，巨人威伯维特带着马人们和几个最凶狠的野兽，从另一个地方冲出去，争取切断国王的右翼与大部队的联系。然而，计划失败了。没有人提醒过凯斯宾，因为在如今的纳尼亚已无人记得，巨人的脑瓜很不好使。可怜的威伯维特，虽然像狮子一样勇猛，但却有一个地地道道的巨人脑瓜子。他在错误的时间、从错误的地点冲了出去，致使他和凯斯宾的队伍都遭受了巨大损失，对敌人的打击却微乎其微。胖熊的骨干受到重创，一个马人伤势严重，凯斯宾的队伍里几乎人人头破血流。他们灰溜溜地挤缩在雨水滴答的树下，吃着寒酸的晚餐。

最垂头丧气的要数巨人威伯维特了。他知道一切都是他造成的，默默地坐在那里流眼泪，大颗的泪珠聚集

在他的鼻尖,然后啪嗒一声,落在老鼠们的宿营地,那些老鼠刚暖和过来,开始感到昏昏欲睡。他们全都跳了起来,抖掉耳朵上的水,把那些小毯子拧干,用尖厉而凶狠的声音质问巨人,他是否认为还湿得不够,要这样来加害他们。其他人被吵醒了,对老鼠们说,他们入伍是为了当侦察兵,而不是组建乐队,并问他们为什么不能保持安静。威伯维特踮着脚走开,想找个清净的地方黯然神伤,却不料踩到了某人的尾巴,那人(他们后来说是一只狐狸)反过来把他给咬了。这样一来,大家都没有好脾气了。

而在阿斯兰古冢中心的那间魔法密室里,凯斯宾国王正和康奈留斯、獾特鲁佛汉特、尼卡比、特鲁普金一起开会。古代工艺的大粗柱子支撑着洞顶,洞的中央便是那张桌子——一张从中间裂开的石桌,上面覆盖着曾经用某种语言写成的文字,可是多少年的风吹雨打、冰雪寒霜,已使这些文字变得模糊,几乎难以辨识,那个时候,石桌竖立在山顶,上面的土堆还没有建起。此刻他们没有用这张桌子,也没有坐在它周围。石桌太有魔力了，不能随便使用。他们坐在不远处的圆木上，面前是一张粗糙的木头桌子，上面放着一盏简陋的泥灯，灯光照着他们苍白的脸，把硕大的黑影投在墙面上。

"如果陛下想吹那个号角的话，"特鲁佛汉特说，"我认为时机已到。"当然啦，凯斯宾早在几天前就把这件宝物的事告诉了他们。

"形势确实危急，"凯斯宾回答，"但很难确定已经到了最危急的关头。假如再出现更危急的情况，而我们已经把它用掉了呢？"

"照这种说法，"尼卡比说，"陛下永远都不会用它，除非已经来不及了。"

"言之有理。"康奈留斯博士说。

"你怎么看，特鲁普金？"凯斯宾问。

"哦，陛下，在我看来，"红毛矮人一直漫不经心地听着，此刻答道，"我认为那个号角——和那边那块破石头，以及你的那个彼得至尊王——还有你的那个狮子阿斯兰——都是水中花镜中月。陛下不管什么时候吹号角，在我来说都是一样的。我坚持认为不该对官兵们扯

这些无稽之谈。让大家以为天兵天将会来相助，到头来注定大失所望，这有什么好处呢？"

"那么，以阿斯兰的名义，我们就吹响苏珊女王的号角吧。"凯斯宾说。

"陛下，也许有一件事需要做在前面。"康奈留斯博士说，"我们不知道帮助会以什么形式到来。也许会把阿斯兰本人从海上召唤过来。但我认为更有可能的是，把彼得至尊王和他那些强大的伙伴从远古时代唤回。不管是哪一种，我们都不能肯定那帮助正好能落到这里——"

"您说得太对了。"特鲁普金插嘴道。

"我认为，"学者继续说道，"他们——或他——会回到某个古代纳尼亚宫殿。我们坐的这个地方，是最古老，魔法最高深的，我认为回应最有可能光临此处。可是还有另外两个地方。一是河狸堤坝西边大河上游的灯柱荒林，根据记载，那是四个王室孩子第一次出现在纳尼亚的地方。二是河口，他们的凯尔帕拉维尔古堡曾经就在那里。如果阿斯兰亲自光临，在那里迎接他也是最理想的，因为每个故事都说他是远海大帝的儿子，会漂洋过海而来。我认为这两个地方——灯柱荒林和河口——都应该派去信使，迎接他们或他的到来。"

"我刚才就想，"特鲁普金嘟囔道，"这些胡言乱语的直接结果不是给我们带来援助，而是让我们损失两个战士。"

"康奈留斯博士，您认为派谁去合适呢？"凯斯宾问。

"松鼠最擅长深入敌区，不容易被发现。"特鲁佛汉特说。

"我们所有的松鼠（为数不多），"尼卡比说，"都骁勇善战。我唯一信赖的能胜任这份工作的是帕特维格。"

"那就让帕特维格去吧。"凯斯宾国王说，"另一个信使派谁去呢？我知道你想去，特鲁佛汉特，但你速度不够。你也不行，康奈留斯博士。"

"我才不去呢。"尼卡比说，"有这么多人类和兽类在这里转悠，必须有个矮人留下来，以确保矮人们得到公正的待遇。"

"什么玩意儿！"特鲁普金气冲冲地喊道，"你就是这么对国王说话的吗？陛下，派我去吧。"

"可是，特鲁普金，我还以为你不相信号角的传说呢。"凯斯宾说。

"现在也不相信，陛下。这有什么关系呢？与其在这里等死，还不如死在追捕野鹅的路上。你是我的国王。我知道提建议和服从命令之间的区别。你采纳了我的建议，现在应该下命令了。"

"我不会忘记这点的，特鲁普金。"凯斯宾说，"你们派一个人去叫帕特维格。那么，我什么时候吹号角呢？"

"陛下，我认为不妨等到日出的时候。"康奈留斯博士说，"日出对正义魔法的实施会产生积极影响。"

几分钟后，帕特维格来了，凯斯宾把任务向他交代清楚。他像许多松鼠一样，精力充沛，勇气过人，性格火暴，容易激动，还喜欢恶作剧（倒谈不上狂妄自大）。对方话音刚落，他就迫不及待想要出发。按计划他奔向灯柱荒林，特鲁普金去往较近的河口。他们俩匆匆吃了几口东西，便在国王、獾和康奈留斯的热烈感谢和良好祝愿中出发了。

第 8 章　离开海岛

"就这样。"矮人特鲁普金说——你们也意识到了，就是他坐在凯尔帕拉维尔古堡大厅的废墟里，给四个孩子讲的这个故事——"我在口袋里装了一两片面包皮，留下别的武器，只带着我的匕首，在天蒙蒙亮的时候进入了树林。我一刻不停地走了好几个小时，突然听见一个声音，是我有生以来从没听到过的。哦，我永远不会忘记。这声音响彻天空，和打雷一样响，但比打雷时间长得多，如同水面飘来的仙乐一般清爽、柔美，却又那么强劲，足以撼动整个树林。于是我对自己说：'如果这不是号角声，就管我叫兔子好了。'过了一会儿，我开始纳闷他为什么不早点儿把它吹响——"

"当时是什么时候?"埃德蒙问。

"九点到十点之间。"特鲁普金说。

"就是我们在火车站的时候!"四个孩子异口同声地说,眼睛亮闪闪地看着对方。

"请继续往下说吧。"露西对矮人说。

"好的,我刚才说了,我有点儿纳闷,但还是一刻不停地往前赶。走了整整一夜——今天早晨天刚蒙蒙亮的时候,我像巨人一样昏头昏脑,为了避开河道的一个大弯,冒险在开阔的地方抄了条近路,结果被抓住了。抓我的不是大部队,而是一个狂傲自大的傻瓜,是一座小碉堡的头儿,那碉堡是米拉兹面向大海的最后一个要塞。不用说,他们没有从我嘴里套出一句实话,但我矮人的身份就足以说明问题了。不过,谢天谢地!幸亏那位总管是个自命不凡的蠢货。换了别人,肯定当场就把我一刀刺死了。他非要给我来一个盛大的死刑:大费周折地把我送给鬼魂。结果,这位年轻女士,"他朝苏珊点点头,"展示了她的箭术,射得很准,真的——现在我们就坐在了这里。只是我的铠甲没有了,当然是被他们拿去了。"他累坏了，把烟斗重新装满。

"我的天哪！"彼得说，"原来就是那个号角——苏，你的那个号角——昨天早晨把我们从站台的座位上拽了过来！我简直不敢相信，可是每件事都对得上。"

"我不明白你为什么不信，"露西说，"你不是相信魔法的吗？不是有许多故事都是关于魔法强迫人离开一个地方——一个世界——穿越到另一个地方，另一个世界的吗？我是说，《一千零一夜》里的魔法师召唤神灵时，神灵必须到来。所以，我们也不得不来。"

"是啊，"彼得说，"我想，我之所以觉得这么怪异，是因为在那些故事里，一般都是我们世界里的什么人发出召唤，一般也不去考虑神灵来自哪里。"

"现在我们知道神灵是什么感觉了。"埃德蒙轻声笑着说，"天哪！号角一吹，我们就召之即来，真让人感到不安。这比爸爸说的电话控制生活还要糟糕呢。"

"可是我们愿意来这里，不是吗？"露西说，"如果阿斯兰需要我们。"

"那么，"矮人说，"现在怎么办呢？我想我最好回

去向凯斯宾国王报告,没有人来帮助我们。"

"没有人来帮助?"苏珊说,"可是魔法已经灵验了呀。我们来了。"

"嗯——嗯——是的,是的,我看到了。"矮人说,他的烟斗好像堵住了,只顾忙叨叨地清理烟斗,"可是——嗯——我的意思是——"

"难道你还没看出我们是谁吗?"露西喊道,"你可真够傻的。"

"我猜你们是古老传说中的那四个孩子。"特鲁普金说,"当然啦,我很高兴见到你们。确实挺有意思的。可是——请别见怪——"他又迟疑了。

"没事,你想说什么就说吧。"埃德蒙说。

"嗯,那好——请别见怪,"特鲁普金说,"你们知道,国王、特鲁佛汉特和康奈留斯博士原指望——唉,但愿你们明白我的意思,他们指望得到帮助。换句话说,他们一直把你们想象成了不起的勇士。当然啦——我们都特别喜欢小孩子,但是在这紧要关头,大敌当前,我相信你们理解我的意思。"

"你是说你认为我们毫无用处。"埃德蒙说,激动得脸都红了。

"请别生气,"矮人打断他的话,"我向你们保证,我亲爱的小朋友们——"

"你还说我们小,这实在有点过分了。"埃德蒙说着跳了起来。"我想你不会相信我们打赢了贝鲁纳之战吧?好吧,你想说我什么就尽管说,因为我知道——"

"发脾气是没有用的,"彼得说,"我们给他穿上新的铠甲,再用百宝屋的东西把自己武装起来,然后再谈。"

"我真不明白——"埃德蒙话没说完,露西在他耳边低语道,"最好听彼得的吧。你知道,他是彼得至尊王。我认为他自有妙计。"埃德蒙同意了,在手电筒的帮助下,他们,包括特鲁普金,都顺着楼梯来到下面黑暗、寒冷的百宝屋,这里曾经辉煌的一切都蒙上了灰尘。

矮人看见架子上的珍稀宝物,他必须踮起脚尖才能看见,兴奋得两眼放光,暗自嘟囔道:"可千万不能让尼卡比看到这个,千万不能。"他们不费吹灰之力就给他找到了一套锁子甲、宝剑、头盔、盾牌、弓和满满一袋箭,

都跟矮人的身材相配。头盔是黄铜的，镶嵌着红宝石，剑柄上镀有黄金。特鲁普金这辈子从没见过这么珍贵的宝物，更别说把它们佩在身上了。孩子们也穿上锁子甲，戴上头盔，他们给埃德蒙找到一套宝剑和盾牌，给露西找到一把弓——彼得和苏珊当然已经拿上了他们当年得到的礼物。顺着楼梯爬上来时，锁子甲铿锵作响，他们的模样和感觉不像学生，更像纳尼亚人。两个男孩走在后面，似乎在制订什么计划。露西听见埃德蒙说："不，让我来吧。如果我赢了，对他来说更是个沉重打击，如果我失败了，你们也不会感到太失望。"

"好吧，埃德。"彼得说。

来到露天处，埃德蒙彬彬有礼地转向矮人，说道："我有件事想问你，我们这样的小孩子并不经常有机会遇见你这样了不起的勇士。你愿意跟我比一比击剑吗？这将是多么体面的一件事啊。"

"可是，孩子，"特鲁普金说，"这些剑非常锋利。"

"我知道，"埃德蒙说，"我不会靠近你身边，而且你肯定很机灵，能在不伤害我的情况下解除我的武器。"

"这是一个危险的游戏,"特鲁普金说,"但既然你这么坚持,我就试一两招吧。"

两把宝剑立刻亮了出来,另外三个孩子跳下台子,在一旁观看。真是值得一看,不是你在舞台上看到的那种花里胡哨的耍大刀,甚至也不像你有时候看到的那种较为精彩的长剑较量。这是真正的比剑,最关键的是要刺向对手的腿脚,因为那里没有铠甲保护。当对方刺你的腿脚时,要双脚离地跳起,让他的剑从下面刺过。矮人在这方面占有优势,因为埃德蒙个子高得多,不得不一直弯着腰。如果埃德蒙二十四小时前跟特鲁普金决斗,我认为他必输无疑。但自从他们来到海岛,纳尼亚的气息一直在对他产生影响,他又想起了过去的那些作战经历,胳膊和手指又恢复了昔日的技艺,他又变成了埃德蒙国王。两位斗士转了一圈又一圈,刺出一剑又一剑,苏珊对这种事情怎么也喜欢不起来,大声喊道:"哦,一定要当心啊。"说时迟那时快,谁都没看清是怎么回事,除非他们像彼得那样精通剑术,埃德蒙剑锋一转,忽地刺过去,矮人的宝剑便脱手飞出。特鲁普金扭动着空空的手，就像你被板球棒击了一下那样。

"没受伤吧，我亲爱的小朋友？"埃德蒙说，他微微喘着气，把宝剑插回剑鞘。

"我明白了，"特鲁普金干巴巴地说，"你有一个技巧我没学过。"

"确实如此。"彼得说，"世界上最出色的击剑手也会因一个不熟悉的招数而宝剑脱手。我想，为了公平起见，应该在另一项技能上给特鲁普金一个机会。你跟我妹妹比比射箭怎么样？你知道的，射箭没有什么花招。"

"啊，你们喜欢搞恶作剧。"矮人说，"我开始明白了，经过今天早晨的事情，难道我还不知道她的箭术有多高

明吗？也罢，我就试试吧。"他生硬地说，但眼里却闪着亮光，因为他在他的同胞中间是一位赫赫有名的弓箭手。

五个人一起来到外面的庭院里。

"目标是什么？"彼得问。

"我想，悬挂在墙头枝子上的那个苹果就可以。"苏珊说。

"没问题，姑娘。"特鲁普金说，"你说的是靠近拱门中间的那个黄苹果吗？"

"不，不是那个。"苏珊说，"是高处墙垛上方的那个红苹果。"

矮人一下子拉长了脸。"看上去不像苹果，倒像樱桃。"他嘟囔道，但并没有大声说出来。

他们掷硬币看谁先射，特鲁普金特别感兴趣，他以前从没见过掷硬币。苏珊输了。他们是在大厅通向庭院的那段楼梯顶上射箭。大家看到矮人摆开架势、拉弓搭箭的样子，就知道他是个内行。

砰，箭射出去了，射得很远。箭掠过时，那个小苹果晃动几下，一片树叶飘飘地落了下来。然后苏珊走到

楼梯顶上，拉开她的弓。她不太喜欢这场比赛，远不像刚才埃德蒙击剑时那样陶醉其中，倒不是因为她怀疑自己射不中苹果，而是因为她心地仁慈，不愿意去打击一个已经落败的对手。她把箭贴在耳朵边时，矮人热切地注视着她。片刻之后，砰的一声轻响，在这寂静的地方听得格外真切，那个苹果应声落向草地，上面扎着苏珊的箭。

"哦，射得漂亮，苏。"几个孩子喊道。

"其实并不比你射得更好，"苏珊对矮人说，"我认为你刚才射的时候有点儿小风。"

"不，没有风。"特鲁普金说，"不用跟我解释了。输没输我自己知道。我也不想强调刚才抡胳膊时，上次那个伤口让我感觉有点不得劲儿——"

"哦，你受伤了？"露西问，"快让我看看。"

"小姑娘看不得的。"特鲁普金刚说了这句，立刻又纠正自己，"我怎么又开始说傻话了，"他说，"我想你可能是个了不起的医生，就像你哥哥是个了不起的剑客，你姐姐是个了不起的弓箭手。"他在楼梯上坐下，脱掉锁子甲，把那件小小的衬衫褪下去，露出一条胳膊，像水手的胳膊那样结实而汗毛浓密，从比例上说，实际上比一个孩子的胳膊大不了多少。肩膀上马马虎虎地裹着绷带。露西动手把绷带解开，下面的伤口触目惊心，肿得厉害。"哦，可怜的特鲁普金，"露西说，"多么可怕啊。"然后，小心地从她的瓶子里倒了一滴强身剂在伤口上。

"喂，怎么回事？你做了什么？"特鲁普金说。不管他怎么扭头、斜眼，把大胡子甩来甩去，都没法看到自己的肩膀。于是他拼命伸手去摸，手指和胳膊都摆成非常别扭的姿势，就像你想去挠一个够不到的地方。他把一条胳膊甩了几下，又举起来试了试肌肉，最后一跃而起，喊道："我的老天爷啊！治好了！跟没受伤一样。"接着放声大笑，说："唉，我真是出了大丑，作为矮人还从没这么丢脸过呢。希望没有冒犯你们。我愿意为陛下们效犬马之力——犬马之力。感谢你们救我性命，帮我疗伤，给我早餐——教我道理。"

孩子们都说这没什么，不值一提。

"那么，"彼得说，"如果你真的决定相信我们——"

"是的。"矮人说。

"要做的事情很清楚,我们必须去跟凯斯宾国王汇合。"

"越快越好。"特鲁普金说,"因为我的愚蠢,已经浪费了差不多一个小时。"

"走你来的那条路大约需要两天时间,"彼得说,"我是说对我们而言,我们不可能像你们矮人一样日夜兼程地赶路。"他又转向其他人,"特鲁普金所说的阿斯兰古冢,显然就是那个石桌。你们还记得吧,从那里到贝鲁纳浅滩大约要走半天——"

"我们管它叫贝鲁纳桥。"特鲁普金说。

"我们那会儿还没有桥。"彼得说,"从贝鲁纳走到这里又需要一天左右。如果路上好走,我们一般是在第二天下午茶的时间到家。如果不好走,就需要大概一天半才能走到。"

"可是别忘了现在那里都是树林了,"特鲁普金说,"还需要随时躲避敌人。"

"我说,"埃德蒙说,"难道我们必须走这位亲爱的小朋友来的时候走的路吗？"

"陛下，饶了我吧，别再哪壶不开提哪壶了。"矮人说。

"好吧。"埃德蒙说，"那我可以说我们的小友吗？"

"哦，埃德蒙，"苏珊说，"别再这样取笑他了。"

"没关系，姑娘——不对，是陛下，"特鲁普金轻声笑着说，"嘲笑几句无伤大雅。"从此，他们就经常叫他小友了，到后来几乎忘了它的本义。

"我刚才说到，"埃德蒙继续说，"我们不需要走那条路。为什么不划船往南到明镜湾，然后继续往前划？那样就绕到了石桌山的后面，而且只要在海上就是安全的。如果现在立刻出发，天黑前就能到达明镜湾，睡上几个小时，明天一早就能见到凯斯宾了。"

"熟悉海岸的情况多好啊。"特鲁普金说，"我们都对明镜湾一无所知。"

"吃的东西怎么解决？"苏珊问。

"哦，只能吃苹果了。"露西说，"我们快走吧。已经来了快两天了，还什么事都没干呢。"

"不管怎么说,谁都别想再拿我的帽子当鱼篓了。"埃德蒙说。

他们拿一件雨衣当口袋,往里面装了许多苹果。接着都到井边灌了一肚子水,因为要到小溪口登岸时才能再碰到淡水呢,然后就到海滩去上船。孩子们离开凯尔帕拉维尔古堡时依依不舍,它虽然是一片废墟,也开始有了家的感觉。

"最好让小友掌舵,"彼得说,"我和埃德一人划一支桨。稍等,我们最好脱掉身上的铠甲,肯定一会儿就会感到很热。姑娘们最好坐在船头,给小友指指方向,因为他不认识路。你们可要指一条好路,让我们顺利驶入大海,绕过海岛啊。"

很快,海岛郁郁葱葱的海岸线就落到了身后,那些小海湾和小海角看上去都变得扁扁的,小船在柔和的海浪中缓缓颠簸。周围的海域逐渐开阔,越往远处海水越蓝,但小船附近的海水却是绿莹莹的,泛着泡沫。空气里有一股咸腥味儿。四下里没有别的动静,只听见哗哗的水声,海浪拍打船帮的啪啪声、船桨的入水声和撞击声。阳光也越来越烫。

露西和苏珊很高兴，她们坐在船头，身体从船帮上探出去，想用手够到海水，却怎么也够不到。她们看见下面的海底是一片纯净的白沙，偶尔有几根紫色的水草。

"就像回到了过去。"露西说，"你还记得我们当年远航去特里宾西亚、噶尔玛、七座岛和孤独群岛吗？"

"记得，"苏珊说，"我们的大船是'晶莹剔透'号，船头是一个大天鹅，天鹅翅膀一直弯到腰部，是不是？"

"还有丝绸的船帆，和船尾的大灯笼！"

"还有舵楼上的晚宴和那些乐手！"

"你还记得吗，我们让乐师爬到船索上去吹笛子，那声音像是空中的仙乐！"

不一会儿，苏珊接过埃德蒙手里的桨，埃德蒙便过来坐在露西身边。现在已经过了海岛，慢慢贴近海岸——岸上植被茂密，空无一人。如果不是想起以前这里地势开阔、微风吹拂、朋友们快乐相聚的情景，他们准会认为眼前这景色非常美丽。

"唉！这活儿简直累死人了。"彼得说。

"我来划一会儿行吗？"露西说。

"船桨太大了，你拿不动。"彼得简短地说，他不是因为不耐烦，而是没有多余的力气说话了。

第9章 露西看见了什么

苏珊和两个男孩划桨划得精疲力竭,小船才终于拐过最后一个海岬,朝着明镜湾驶去。因为这么长时间的暴晒和盯着海水,露西感到头疼。就连特鲁普金也盼着旅程赶紧结束,他掌舵的座位是给人类而非矮人设计的,他的脚够不着船的底板。谁都知道那滋味多不好受,坐十分钟就让人受不了。大家越来越疲倦,精神头也就没那么足了。在此之前,孩子们只想着怎么去见凯斯宾,现在,他们开始困惑找到凯斯宾以后该怎么办,不知道就凭那几个矮人和林地动物,怎么去打败一支成年的人类大军。

他们划着小船,顺着弯弯曲曲的明镜湾水道缓缓前

进，暮色降临了——随着两岸靠得越来越近，两边的树梢在头顶上几乎交织在一起，使暮色显得更浓了。大海的声音在身后渐渐隐去，这里一片幽静。甚至能听见树林里涓涓小溪汩汩流进明镜湾的声音。

他们终于上岸，可累得连生火的力气都没有了。晚饭只有苹果充饥，其实几乎每个人都不想再看见苹果的样子，但这也比去抓鱼或打猎强啊。他们默默地嚼了一会儿苹果，在四棵大山毛榉中间的苔藓和枯叶上互相偎依着躺下了。

其他人几乎立刻就睡着了，只有露西醒着。露西远不像别人那么累，觉得怎么睡也不舒服。而且，她现在才想起来所有的矮人睡觉都打呼噜。她知道让自己入睡最好的办法，就是顺其自然，于是她睁开了眼睛。

透过凤尾草和树枝间的缝隙，刚好能看见明镜湾的一片水面和上方的天空。突然，她脑子里灵光一现，想起在这么多年之后，她又看见了明亮的纳尼亚星星。她曾经那么熟悉它们，超过熟悉我们这个世界的星星，因为作为纳尼亚女王，她每天上床睡觉的时间比英国的小

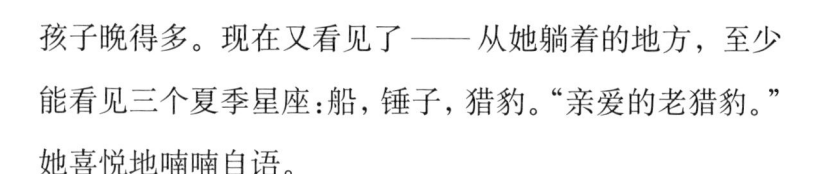

孩子晚得多。现在又看见了——从她躺着的地方，至少能看见三个夏季星座：船，锤子，猎豹。"亲爱的老猎豹。"她喜悦地喃喃自语。

她还是没有困意，反倒越来越清醒了——是深夜里那种异样的、如梦似幻般的清醒。明镜湾更亮了。她虽然看不见月亮，但知道有月光照着水面。这时候，她似乎觉得整个树林都像她一样清醒过来。她也不知道为什么，就匆匆爬起身，离开宿营地，朝远处走了几步。

"真是太美了。"露西自言自语地说。空气清凉、新鲜，到处飘浮着迷人的香气。

她听见近旁什么地方一只夜莺啾啾地唱了几声，停住，接着又唱。前面似乎稍亮一些。她朝亮光走去，来到一个树木比较稀少的地方，地上洒满一片片的月光，光和影互相交织，使人辨不清事物的模样和位置。与此同时，那只夜莺终于对自己的音色感到满意，开始完整地唱起歌来。

露西的眼睛渐渐熟悉了光线，比较清楚地看见了离她最近的那些树木。她多么怀念昔日的时光，纳尼亚的

树木都会说话。露西非常清楚，如果她能把它们唤醒，每棵树会说出什么样的话，会呈现什么样的人形。她看着一棵白桦树：它会用一种轻柔的、下雨般的声音说话，模样是个体态修长的姑娘，褐色的秀发环绕在面庞周围，喜欢跳舞。她看着一棵橡树：它会变成一个满脸皱纹但慈眉善目的老头儿，卷卷的胡须，脸上和手上都生着疣子，还有毛从疣子里长出来。她看着身旁的一棵山毛榉树。啊！最好的在这里呢，它会成为一位优雅的女神，仪态安详而高贵，它是树林女郎。

"哦，树啊，树啊，树啊，"露西说，其实她根本没打算说话，"哦，树啊，醒来吧，醒来吧，醒来吧。你们不记得了吗？你们不记得我了吗？林仙和树神，快快醒来，跟我说话。"

虽然四下里一丝风也没有，但周围的树枝都在颤动，树叶的沙沙声听上去真像窃窃私语。夜莺停止了歌唱，似乎也在倾听。

露西觉得自己随时都能一下子听懂这些树在说什么，然而这一刻始终没有到来。沙沙声消失了，夜莺又开始

唱歌，沐浴在月光下的树林看上去又变得普普通通。可是露西有一种感觉，似乎她刚才漏掉了什么，似乎她对树说话的时机早了一秒钟或晚了一秒钟，或者有一句话没说对，或者用错了一个字眼。就像你有时候努力回想一个名字或日期，眼看就要想起来了，却又突然消失了。

突如其来地，她感到疲倦了，便回到宿营地，在苏珊和彼得中间躺下来，几分钟后就睡着了。

第二天早晨醒来时，他们感到又冷又沮丧，树林里的光线灰蒙蒙的，太阳还没有升起，一切都是湿漉漉、脏兮兮的。

"唉，又是苹果。"特鲁普金苦笑着说，"我不得不说，你们这些古代的国王和女王确实没把侍臣喂得很饱！"

他们站起身，抖擞抖擞精神，打量着四周。树木非常茂密，不管往哪个方向看，视线都只有几米远。

"我想你们几位陛下知道怎么走吧？"矮人说。

"我不知道。"苏珊说，"以前从没见过这些树木。实际上，我一直认为我们应该顺着河边走。"

"那我认为你不如当时就这么说。"彼得带着可以理解的尖刻说道。

"哦，不要理睬她。"埃德蒙说，"她总是令人扫兴。彼得，你是不是带了那个袖珍指南针？那好，一切都没问题。只要一直往西北方向走——渡过那条小河，那条——你们叫它什么来着？——灯草——"

"我知道。"彼得说，"就是那条在贝鲁纳浅滩——用小友的话说是贝鲁纳桥——与大河汇合的那条河。"

"没错。渡过那条河，然后一直往上坡走，八九点钟的时候就能走到石桌，我指的是阿斯兰古冢。希望凯斯宾国王能招待我们一顿像样的早餐。"

"但愿如此。"苏珊说,"我一点都记不清了。"

"女孩就是这点最差劲,"埃德蒙对彼得和矮人说,"脑子里没有地图。"

"因为我们脑子里装着别的东西。"露西说。

开始,一切似乎非常顺利,他们甚至以为碰到了一条熟悉的小路。但如果你对树林有几分了解,就会知道,人在树林里总会找到不存在的路。它们五分钟后就不见了,然后你以为又找到一条,希望不是另外一条,而就是刚才那条,结果它也消失了,到最后你被引诱着偏离了正确的方向,才意识到它们统统都不怀好意。不过,两个男孩和矮人都对树林很熟悉,即使上当也不会超过几秒钟。

他们艰难地走了大约半个小时,其中三个因为昨天划船而浑身僵硬,突然特鲁普金轻声说道:"停下。"大家都站住了。"有什么东西在跟踪我们,"他压低声音说,"或者,有什么东西在追赶我们——就在左边。"他们都站住不动,竖着耳朵听,瞪大眼睛看,最后耳朵和眼睛都感到发酸发痛了。"你和我最好每人在弓上搭一支箭。"苏珊对特鲁普金说。矮人点点头,两人弓箭待发,大家

继续前进。

他们在比较开阔的林地走了四十米,时刻保持高度警惕。然后来到一处矮树丛比较茂密的地方,不得不贴着树枝往前走。就在经过那个地方时,突然什么东西大吼一声,哗啦啦折断许多树枝,像一道闪电似的扑将过来。露西被撞得喘不过气,摔倒在地,倒地时听见弓箭腾的一响。待回过神来,看见一头面目狰狞的大灰熊躺在地上,已经死了,身上扎着特鲁普金射出的箭。

"这次射箭比赛小友战胜了你,苏。"彼得说,脸上挤出一丝微笑。就连他也被刚才的惊险一幕吓得不轻。

"我——我射得太晚了。"苏珊不好意思地说,"我担心它可能是,唉——可能是我们的一头好熊,会说话的熊。"苏珊最讨厌杀生。

"麻烦就在这里,"特鲁普金说,"大多数野兽都变成了敌人和哑巴,但仍有一些另类存在。你看不出来,也不敢等等再说。"

"可怜的布鲁因。"苏珊说,"你认为不是它吗?"

"不是。"矮人说,"我听见吼声时看见熊的脸了。它只想把小姑娘当早餐吃。说到早餐,刚才你说希望凯斯宾国王会招待你们一顿美餐,我不想让几位陛下扫兴,但营地里的肉是非常稀缺的。熊肉味道不错。把尸体扔在这儿,不割些肉带走,实在太可惜了,其实最多也就耽误半个小时。冒昧问一句,你们两位后生——我应该说国王——会给熊剥皮吗?"

"我们去坐在远一点的地方吧。"苏珊对露西说,"我知道那会是一幅多么可怕和肮脏的场景。"露西打了个寒战,点点头。她们坐下后,露西说:"苏,我脑子里突然想到一个特别可怕的念头。"

"什么?"

"如果有一天,在我们那个世界里,在我们家里,男人的内心突然变得疯狂,就像这里的动物一样,外表看上去还和正常人一样,使你分不出谁好谁坏,那不是太可怕了吗?"

"纳尼亚这里让我们操心的事已经够多的了,"务实的苏珊说,"就别再胡思乱想了。"

回到两个男孩和矮人身边时,他们已经把能带走的

熊身上最好的肉割下许多。生肉装在口袋里可不是件舒服的事,他们便用新鲜树叶把它包起来,尽量弄得不那么邋遢。他们已经有了足够的经历,知道在长途跋涉、饥肠辘辘的时候,对这些软绵绵、令人恶心的包裹会有另一种完全不同的感觉。

他们继续艰难地往前走,经过第一条小溪时,停下来洗了洗那三双需要清洗的手,最后太阳升起来了,鸟儿开始唱歌,成群的苍蝇在凤尾草间嗡嗡地飞,数量多得令人讨厌。因为昨天划船而僵硬的身体,慢慢变得灵活起来,大家的情绪都开始好转。阳光暖洋洋的,他们把头盔脱下来拿在手上。

"我们走得没错吧?"大约一小时后,埃德蒙问道。

"只要不是太偏左边,我认为就不可能走错。"彼得说,"如果太偏右边,最糟糕的也就是浪费一点时间,过早地遇到大河,不能切断那个角。"

于是继续艰难跋涉,一路上只听见自己的脚步声和锁子甲的叮当声。

"那条讨厌的灯草河在哪儿呢?"过了很长时间,埃德蒙说。

"我真的以为早就应该到了。"彼得说,"现在没有别的办法,只能继续往前走了。"他们都知道矮人焦虑地看着他们,但什么也没说。

一步步地向前迈进,渐渐地感到身上的锁子甲非常闷热、沉重。

"怎么回事?"彼得突然说道。

不知不觉中,差不多走到了一座小断崖的边缘,从这里可以看见下面的一个峡谷,峡谷底部有一条河。对面的悬崖比这边高出许多。他们中间只有埃德蒙擅长攀岩,也许再算上特鲁普金。

"对不起,"彼得说,"都怪我走了这条路。我们迷路了。我以前从没见过这个地方。"

矮人从牙齿缝间低低吹了声口哨。

"哦,赶紧回去走另外一条路吧。"苏珊说,"我早就知道我们会在这大树林里迷路的。"

"苏珊!"露西责怪地说,"不要这样埋怨彼得,这样不好,他已经尽力了。"

"你也不要这样埋怨苏珊,"埃德蒙说,"我认为她说得对。"

"我的老天爷啊!"特鲁普金激动地说,"如果已经迷路了,还怎么可能找到回去的路呢?就算我们返回海岛,重新开始——就算有那种可能——还不如索性彻底放弃呢。按这个速度,不等我们赶到那儿,米拉兹早就把凯斯宾干掉了。"

"你认为我们应该继续往前走?"露西说。

"我不能肯定至尊王真的迷路了。"特鲁普金说,"凭什么说这条河不是灯草河呢?"

"因为灯草河不在峡谷里。"彼得说,强忍着没有发脾气。

"其实陛下说的是以前的情况,不是吗?"矮人回答,"你对这片地方的了解,距今已有好几百年,甚至上千年了。难道就不会有变化吗?一次山崩可能使那座山的半侧山体连根拔起,留下光秃秃的岩石,于是有了峡谷对面的那些断崖。随着时光一年年过去,灯草河的河道可能逐渐加深,最后,在这一侧形成断崖。或者,曾经有过一次地震什么的。"

"这我倒从没想过。"彼得说。

"而且,"特鲁普金继续说道,"即使这不是灯草河,也是大致往北流的,最后肯定会汇入大河。我当初下山的时候好像经过了那条大河。因此,如果我们往下游走,大河就会出现在我们右边。可能它不像我们希望的那么高,但走我的那条路至少不会更糟糕。"

"特鲁普金,你真是个热心肠。"彼得说,"那好吧。就从峡谷的这边往下走。"

"快看!快看!快看!"露西喊道。

"哪儿?什么?"每个人都在问。

"狮子,"露西说,"狮子阿斯兰。你们没看见吗?"露西的脸完全变了,双眼炯炯放光。

"你真的是说——?"彼得问。

"你认为你是在哪儿看见他的?"苏珊问。

"别像大人一样说话,"露西跺着脚说,"不是我认为我看见他,而是我真的看见他了。"

"在哪儿,露露?"彼得问。

"就在上面那些花楸树中间。不,是峡谷的这一边。是上面,不是下面。就在你们想走的那条路的对面。他希望我们去他那儿——到上面去。"

"你怎么知道他希望这样呢?"埃德蒙问。

"他——我——我就是知道,"露西说,"从他脸上看出来的。"

其他人面面相觑,一头雾水,谁也没有说话。

"女王陛下可能看见了一头狮子,"特鲁普金插言道,"我听说这些树林里有狮子。但不一定就是一头友好的、会说话的狮子,就像那头熊不是一头友好的、会说话的熊一样。"

"哦,别说傻话了。"露西说,"你们难道以为我看见阿斯兰会不认识吗?"

"如果是你以前在这里时认识的那头狮子,现在肯定已经非常年迈了!"特鲁普金说,"即使就是那头,凭什么不会像别的动物一样变得狂野、愚昧呢?"

露西的脸涨得通红,眼看就要朝特鲁普金发作了,幸好彼得把手放在了她胳膊上。"小友不理解。他怎么会理解呢？特鲁普金，你必须相信，我们确实熟悉阿斯兰，我的意思是，对他有所了解。你可不许再这么说他了。第一，这么说不吉利；第二，完全是胡说八道。唯一关键的是，刚才阿斯兰是不是真的在那儿。"

"我知道他在。"露西说，泪水在眼眶里打转。

"是的，露露，但我们不知道呀。"彼得说。

"没别的办法，只有投票了。"埃德蒙说。

"好吧。"彼得说，"小友，你年纪最大。你投什么票？往上走还是往下走？"

"往下。"矮人说，"我对阿斯兰一无所知。但我知道，如果我们朝左转，顺着峡谷往上，可能要走整整一天才能找到一个能穿过去的地方。而如果朝右转，顺着峡谷往下，不出两个小时就肯定能走到大河。再说，如果真有活生生的狮子，我们应该避之唯恐不及，而不是自投罗网。"

"苏珊，你的意见呢？"

"露露，你别生气，"苏珊说，"但我真的认为应该往下走。我都快累死了。就让我们赶紧离开这片倒霉的树林，进入开阔地带吧。而且，除了你，我们谁都没看见什么。"

"埃德蒙？"彼得说。

"嗯，是这样的，"埃德蒙说，语速很快，脸微微地红了，"一年前——也许是一千年前，管它呢——我们第一次发现纳尼亚时，是露西第一个发现的，当时我们谁都不相信她。我是最恶劣的，我知道。可是后来证明她是对的。这次是不是应该相信她才公平呢？我赞成往上走。"

"哦，埃德！"露西说着，抓住了他的手。

"现在轮到你了，彼得，"苏珊说，"我特别希望——"

"哦，闭嘴，闭嘴，让我考虑考虑。"彼得打断了她，"我情愿弃权。"

"你是至尊王啊。"特鲁普金严厉地说。

"往下走。"彼得沉吟了很长时间才说，"我知道露西可能是对的，但我爱莫能助。我们必须采取一种行动。"

于是，他们在断崖边朝右一拐，往下游走去。露西走在最后，边走边伤心地哭泣着。

第10章　狮子回来了

顺着峡谷边缘走，看起来容易走起来难。没走多远，就碰到一片长在最边沿的小冷杉树丛。他们伏下身子，艰难地向前推进了约十分钟，才意识到在这里面一个小时才能走半里路。于是反身走了出去，决定绕过这片冷杉树丛。这使他们不得不往右偏了许多，看不见那些悬崖，也听不见大河的流水声了，最后他们开始担心再也找不到大河。谁也不知道现在是什么时间，但眼看就到了一天中最热的时候。

终于回到峡谷边缘，发现这一边的悬崖要低得多，距他们的出发地低了约一英里，而且支离破碎。很快，他们找到一条路下到峡谷，然后顺着河边继续往前赶。

凯斯宾王子

他们先休息了一会儿,喝了很多水。谁都不再提跟凯斯宾共进早餐的事,连午饭也不提了。

明智的做法可能是紧贴着灯草河,而不是顺着顶部走,这样目标比较确定。离开冷杉树林之后,他们都害怕被迫偏离路线太远,在树林里迷路。这是一片没有路的深山老林,根本没有办法走一条直线。总有难以穿越的荆棘丛、倒伏的树、沼泽地和茂密的矮树丛挡住他们的去路。然而,灯草河峡谷走起来也不轻松。我的意思是,对于赶路的人来说,它不是一个好地方。如果是下午散散步,最后以野外茶点结束,倒是颇为令人愉快的。那种场合需要的东西这里都有——轰隆隆的瀑布,银色的水柱,琥珀色的深潭,苔藓覆盖的岩石,河岸上没过脚脖子的厚厚青苔,各种蕨草,珠宝一般的蜻蜓,头顶上偶尔还有秃鹰飞过,有一次彼得和特鲁普金都认为是一只大老雕。当然啦,孩子们和矮人渴望尽快看见的还是下面的大河、贝鲁纳浅滩和通往阿斯兰古冢的路。

越往前走,灯草河的落差越大。逐渐地,他们不是在走路,而更像是在爬山了——有的地方甚至很危险,

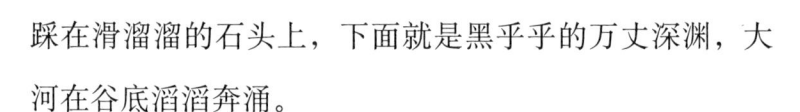

踩在滑溜溜的石头上，下面就是黑乎乎的万丈深渊，大河在谷底滔滔奔涌。

你可以相信，他们肯定迫切地在左边的悬崖上寻找裂缝或能够攀爬的地方。然而，那些悬崖铁面无情。这真令人恼火，因为每个人都知道，一旦从这边走出峡谷，只要再爬一道缓坡，再走一点点路，就能到凯斯宾的大本营了。

这时，两个男孩和矮人提出生火烤熊肉吃。苏珊不愿意，说只希望"继续往前，结束旅途，离开这些令人讨厌的树林"。露西实在太累、太难受了，对什么都不愿发表意见。不过，干燥的木柴根本找不到，所以每个人是什么想法就无关紧要了。两个男孩开始猜想生肉是不是真像人们说的那样难吃。特鲁普金告诉他们，确实很难吃。

当然啦，如果孩子们是几天前在英国尝试一次这样的旅行，肯定早就累趴下了。我想，我前面已经解释过纳尼亚使他们发生了多么大的改变。就拿露西来说吧，她现在只有三分之一是第一次上寄宿学校的小姑娘，三

分之二已是纳尼亚的露西女王了。

"终于到了!"苏珊说。

"哦,乌拉!"彼得说。

河谷拐了个弯,眼前一下子豁然开朗。开阔的原野一直延伸到远处的地平线,其间那条宽阔的银色丝带便是大河。他们看见了那个特别宽、特别浅的地方,以前曾是贝鲁纳浅滩,现在上面却横跨着一座长长的多拱桥。桥的那头是一个小镇。

"天哪!"埃德蒙说,"那个小镇就是我们打贝鲁纳战役的地方!"

这比什么都更让两个男孩精神大振。看到自己曾经大获全胜的地方,忍不住会觉得内心充满力量,更不用说几百年前自己曾在这里赢得了一个王国。不一会儿,彼得和埃德蒙就兴致勃勃地谈论起那场战斗,忘记了酸痛的脚板,也忘记了肩头沉甸甸的锁子甲。矮人也听得饶有兴趣。

现在他们都加快了脚步,越走越轻松了。虽然左边仍是陡峭的悬崖,但右边的地势变低了。很快就不再是一道峡谷，而是一片河谷了。瀑布不见了，不一会儿，就又进了一片茂密的树林。

突然——呼的一声，像一只啄木鸟啄了一下木头。孩子们还在疑惑曾经在什么地方听见过这种声音，他们为什么这样讨厌它，就听特鲁普金喊了声"卧倒！"同时将正好在他旁边的露西一把拉下，趴在凤尾草丛中。彼得抬头查看是不是有松鼠，便正好看见那东西——一根长长的夺命利箭，扎进树干，就在他脑袋上面一点。他赶紧拉苏珊卧倒，自己也矮下身子，只听另一支箭呼啸着掠过他的肩头，砸在身边的地上。

"快！快！退回去！匍匐前进！"特鲁普金上气不接下气地说。

他们转过身，在凤尾草丛中，在一群群可怕的苍蝇中，扭动着往山上爬去。箭嗖嗖地在周围飞过。有一支射中了苏珊的头盔，发出响亮的当啷一声，弹了出去。他们爬得更快了，大汗淋漓，然后把腰弯得低低地跑了起来。两个男孩把宝剑拿在手里，生怕被绊倒。

真是令人心碎啊——又顺着他们刚才下来的路，跑

回山上去了。后来,他们觉得实在没力气再跑,哪怕是为了保命也跑不动了,便在瀑布旁边的一块大岩石后面,一屁股坐在潮湿的青苔上,呼哧呼哧地喘气。没想到一下子爬了这么高,他们都感到很吃惊。

他们侧耳细听,没有追兵的声音。

"没关系了。"特鲁普金说着,深深吸了口气,"他们不搜林子。估计只是哨兵。这意味着米拉兹在下面安插了岗哨。我的老天爷啊!刚才真是侥幸脱险。"

"我竟然带大家走了这么一条路,真该挨巴掌。"彼得说。

"正好相反,陛下,"矮人说,"首先,第一个建议走明镜湾的不是你,而是你的兄弟埃德蒙国王。"

"恐怕小友说得对。"埃德蒙说,自从事情出了岔子之后,他竟然把这点忘得精光。

"第二,"特鲁普金继续说道,"如果走了我的那条路,我们很可能就直接撞上了那个新设的岗哨,至少也会在躲避岗哨的时候遇到同样的麻烦。我认为,事实证明明镜湾这条路是最佳路线。"

"真是因祸得福。"苏珊说。

"这祸也不小啊!"埃德蒙说。

"我想,现在只能再顺着峡谷往上走了。"露西说。

"露露,你真是好样的。"彼得说,"你这话的意思差不多就是'我当初怎么说来着',那我们走吧。"

"一进入上面的树林,"特鲁普金说,"不管别人怎么说,我都要生火烧晚饭,但我们必须远远地离开这儿。"

我无须描述他们返回峡谷上面的过程多么艰难。那确实不是儿戏,但奇怪的是,每个人都感到愉快多了。他们恢复了一些体力,显然"晚饭"一词产生了神奇的效果。

他们来到白天曾带来那么多麻烦的冷杉树丛,就在它上面的一块凹地上临时露营。捡柴火很累人,但当篝火燃起,开始烤肉时,那感觉真好啊。他们开始加工那一包包湿漉漉、油腻腻的熊肉。这对于整天待在屋里的人来说,肯定会觉得没有什么吸引力。矮人在烹调方面很有些绝妙的点子。他们还留了几个苹果,每个苹果都用熊肉包裹——就像苹果饺子,外面包的不是面皮而是

熊肉，但比一般的饺子要厚得多——用尖尖的棍子扎住，放在火上烤。苹果汁完全渗进了肉里，就像烤五花肉上的苹果酱。主要靠吃其他动物为生的熊，肉一般不太好吃，而经常吃蜂蜜和水果的熊，那味道可谓鲜美无比，他们发现这头熊偏巧是这一类的。这顿饭吃得太过瘾了。而且，当然啦，还不用洗碗碟——只需仰面躺倒，伸展疲惫的双腿，有一搭没一搭地聊天，看着特鲁普金叼着烟斗吞云吐雾。现在，每个人都信心十足地认为明天就能找到凯斯宾国王，并在几天之内把米拉兹打得落花流水。这么想也许没什么道理，但他们就是这么想的。

他们一个接一个地睡着了，入睡都很快。

露西从无比香甜的沉睡中醒来，恍惚感觉她在世上最喜欢的一个声音在呼唤她的名字。她起初以为是父亲的声音，但又似乎不太对。接着她以为是彼得的声音，但好像也不是。她不想起身，不是因为仍然感到疲倦——恰恰相反，她休息得很好，身上一点也不酸痛了——而是因为觉得无比的喜悦和舒适。宿营的地方比较开阔，她抬头直视着纳尼亚的月亮，它比我们的月亮大，高高地挂在星空。

"露西。"呼唤声又传来了。不是父亲的声音，也不是彼得的声音。露西坐起身，她浑身发抖，却不是因为恐惧，而是因为兴奋。月光如水一般清亮，把周围的整个树林照得亮如白昼，但看上去更荒凉了。她身后就是那片冷杉树丛，右边远处是峡谷对岸参差不齐的崖顶，眼前是开阔的草地，一箭之外有一片丛林。露西使劲盯着那片丛林。

"哎呀，它们真的在动呢。"她自言自语地说，"走来走去的。"

她爬起身，朝那些树走去，心脏一阵狂跳。丛林里确实有声音传出，就像狂风吹过树梢的那种声音，但今夜并没有风。准确地说，也不是一般的沙沙树声。露西觉得其中自有旋律，然而她捕捉不住那个旋律，就像前一天夜里那些树仿佛在跟她交谈，而她听不清它们在说什么一样。但她此刻至少听出了一种欢快的调子，她一步步走近，觉得自己的双脚也按捺不住想跳舞。毫无疑问，这些树确实在动——互相交错穿插，像在跳一种复

杂的乡村舞。"我认为，"露西想道，"既然树都在跳舞，那肯定是绝对正宗的乡村舞了。"这时她已经差不多来到它们中间了。

她看的第一棵树，乍一眼看去根本不是一棵树，而是一个胡子拉碴、头发茂密蓬乱的大块头男人。露西并不害怕，她以前见过。可是再仔细一看，虽然还在动，却依然只是一棵树。当然啦，看不清底下是人脚还是树根，因为树移动时不是迈步行走，而是像我们蹚水一样，

在地上蹚来蹚去。她看的每一棵树都是这样，看上去忽而像被魔法唤醒的树人所呈现的亲切、可爱的男女巨人形象，忽而又变成了树的模样。它们像树的时候，如同奇怪的人形树，而像人的时候，又如同枝枝杈杈、叶子繁茂的树形人——而且不停地发出那种轻快活泼、令人愉悦的奇异的沙沙声。

"它们差不多要醒了，还没有完全醒。"露西说。她知道自己是完全清醒的，比平常还要清醒。

她毫无畏惧地走到它们中间，蹦蹦跳跳地左右躲避，以免被这些人高马大的舞伴撞到。但是她对它们并不十分感兴趣。她想穿过它们去见另外的人，刚才唤她的那个亲切的声音，就是从它们后面传来的。

她很快就从它们中间穿了过去，同时模模糊糊地纳闷自己是用胳膊把树枝推开的呢，还是拉住了朝她俯下身来的大树舞者，跟它们一起手拉手跳舞。原来它们真的是一圈树，中间围着一块空地。露西走出来，离开了由美丽的光与影组成的队伍，离开了不断变化、令人眼花缭乱的群舞。

眼前是一片圆形的草地，平坦得如同草坪一样，那些黑黢黢的树绕着它翩翩起舞。接着——哦，多么喜悦啊！她看见了，魁梧的雄狮，在月光下闪着洁白的光芒，把一片巨大的黑影投在身下。

除了尾巴在动，他看上去就像一头石狮子，但露西压根儿没这么想。露西丝毫没有去想他是不是一头善意的狮子。她径直朝他冲去。她觉得，哪怕再耽搁一分钟她的心都会爆炸。接着她便发现自己在亲吻他，并使劲伸长胳膊搂住他的脖子，把脸埋在他那丝绸般光滑而浓密的毛发里。

"阿斯兰，阿斯兰，亲爱的阿斯兰，"露西泣不成声地说，"你终于来了。"

魁梧的雄狮往旁边一滚，露西跌下来，半坐半躺地落在他的两个前爪之间。他低下头，用舌头轻轻碰了碰露西的鼻子。他热乎乎的气息一下子把露西包围了。露西抬头望着那双睿智的大眼睛。

"欢迎你，孩子。"他说。

"阿斯兰，"露西说，"你变大了。"

"那是因为你长大了,小家伙。"他回答道。

"不是因为你长大了?"

"我并没有。但你每长大一岁,就会发现我变得更大一些。"

露西太高兴了,一时间什么话也不想说。但阿斯兰开口了。

"露西,"他说,"我们不能在这里躺很久。你手头还有活儿要干呢,今天的时间已经浪费了很多。"

"是啊,真可惜啊。"露西说,"我当时看见你了,但他们不相信我。他们都那么——"

阿斯兰身体深处的什么地方发出若有若无、类似低吼一样的声音。

"对不起,"露西说,她能读懂阿斯兰的几种情绪,"我不是故意要骂别人,但这事不能怪我,对吗?"

狮子直视着她的眼睛。

"哦,阿斯兰。"露西说,"难道你认为应该怪我?当时我怎么可能——我没法撇下别人,单独跑来找你,那怎么可能呢?别用那样的眼光看着我……哦,好吧,

我本来是可以的。没错，我知道，我不会是单独一人，因为我会跟你在一起。可是那有什么用呢？"

阿斯兰什么也没说。

"你的意思是，"露西心虚地说道，"会有好的结果的——可是怎么会呢？求求你，阿斯兰！我不能知道吗？"

"你想知道会发生什么事？"阿斯兰说，"不，孩子，谁也不可能知道。"

"唉。"露西说。

"但不管是谁，都可以弄清将会发生什么事。"阿斯兰说，"如果你选择返回其他人身边，把他们叫醒，对他们说你又看见我了，并说他们必须立刻起身，跟着我走——会发生什么事呢？要弄清这点，只有一个办法。"

"难道，这就是你想要我做的事？"露西惊讶地说。

"是的，小家伙。"阿斯兰说。

"其他人也能看见你吗？"露西问。

"一开始当然不能，"阿斯兰说，"以后嘛，看情况吧。"

"可是他们不会相信我的！"露西说。

"没关系。"阿斯兰说。

"哎呀，哎呀，"露西说，"又找到你，我真是太高兴了。我以为你会让我留下来呢。我以为你会咆哮着冲过来，把其他动物都吓跑呢——就像上次那样。现在，形势会变得非常可怕。"

"小家伙，对你来说很难。"阿斯兰说，"可是同样的事情不可能发生两次。我们之前在纳尼亚的处境也曾很艰难。"

露西把脑袋埋在阿斯兰的鬃毛里，避开他的脸。他的鬃毛里肯定藏着魔法。露西可以感觉到狮子的力量流向她的体内。突然，她坐了起来。

"对不起，阿斯兰。"她说，"我准备好了。"

"你已经是一头小母狮了。"阿斯兰说，"现在，整个纳尼亚要振兴了。来吧，我们没有时间可以浪费了。"

阿斯兰站起身，迈着威严高贵、悄然无声的步伐，从露西刚才的来路回到那一圈跳舞的树。露西把一只颤抖的手放在他的鬃毛上，跟他一起走了过去。树自动分开给他们让路，并在那短短的一秒钟内，完全呈现出它

们的人形。露西在刹那间瞥见美丽高挑的男女树神们纷纷向狮子鞠躬,瞬间又恢复了树身,但仍在鞠躬,树枝和树干的摆动那么优雅,使鞠躬本身也成了一种舞蹈。

"听我说,孩子,"他们离开那些树后,阿斯兰说,"我在这里等着。你去把其他人唤醒,叫他们跟上来。如果他们不肯,那至少你必须独自跟我走。"

唤醒四个比自己年龄大而且都累得筋疲力尽的人,只为了告诉他们一件他们可能不会相信的事,并要求他们做一件他们肯定不喜欢的事,这个任务太艰巨了。"千万别去多想,只管去做就行了。"露西暗想。

她先走到彼得身边,摇晃他。"彼得,"她贴着他的耳朵轻声说,"醒醒吧,快醒醒吧。阿斯兰来了。他说我们必须立刻跟他过去。"

"没问题,露露。随便怎么都行。"彼得出人意料地说,使露西信心大增,可是紧接着彼得翻了个身,又睡着了,所以根本无济于事。

露西又去唤醒苏珊。苏珊没有完全清醒,只用她那副最恼人的、成年人的口吻说:"你是在做梦,露西。快回去睡觉吧。"

接着露西又去对付埃德蒙。叫醒埃德蒙很难，最后露西总算成功了，埃德蒙彻底醒了过来，坐起身子。

"什么？"埃德蒙不耐烦地嘟囔道，"你在说什么呀？"

露西把话又说了一遍。这个任务难就难在这儿，每说一遍，她自己就觉得听上去更不可信。

"阿斯兰！"埃德蒙说着，一跃而起，"乌拉！在哪儿？"

露西转过头，看见狮子在那里等待着，用那双耐心的眼睛盯着她。"那儿。"她指点着说。

"哪儿？"埃德蒙又问。

"那儿，那儿。你没看见吗？就在那些树的这一边。"

埃德蒙使劲盯着看了一会儿，说道："没有，那儿什么也没有。你被月光晃花了眼，看错了。有时候会有这样的事的。刚才一刹那间，我也以为自己看见了什么，这只是典型的——叫什么来着？"

"我一直能看见他。"露西说，"他正看着我们呢。"

"那为什么我看不见他？"

"他说你们可能会看不见。"

"为什么？"

"不知道，他是这么说的。"

"哦，真烦人。"埃德蒙说，"我真希望你别再看见这看见那了。不过我认为必须把其他人都叫起来。"

第11章 雄狮怒吼

大家终于醒了,露西不得不第四遍讲述她的故事。讲完后的那一片沉默,比什么都更令人沮丧。

"我什么也看不见,"彼得看得眼睛都发酸了,说道,"你呢,苏珊?"

"我当然也看不见。"苏珊没好气地说,"因为根本就没什么可看的。她在做梦。露西,快躺下睡觉吧。"

"我真希望,"露西用颤抖的声音说,"你们能跟我一起去。因为——因为不管别人怎么样,我都必须跟着他走。"

"别说傻话了,露西。"苏珊说,"你当然不能一个人去。彼得,千万别让她去。她太不听话了。"

"如果她一定要去,我陪着她。"埃德蒙说,"她以前

曾经是对的。"

"我知道她对过。"彼得说,"今天早晨她也可能是对的。往峡谷底下走肯定是死路一条。可是——这半夜三更的。而且为什么我们都看不见阿斯兰呢?他以前不是这样的,这不是他的风格。小友怎么说呢?"

"哦,我没什么可说的。"矮人回答,"如果你们都走,我当然跟你们一起走。如果你们分裂,我就跟着至尊王。我只对他和凯斯宾国王效忠。如果你们要问我个人的看法,那么,我只是个普普通通的矮人,我觉着吧,既然白天都没能找到路,夜里就更不可能找到了。而且,对于那些会说话但又不说话的狮子,那些看似友善但又没给我们带来好处的狮子,那些身躯魁梧但又谁都看不见的狮子来说,我这矮人怕是没什么用。在我看来,这都是无稽之谈。"

"他在用爪子拍打地面,催我们快点呢。"露西说,"我们必须走了,至少我必须走了。"

"你没有权利这样强迫我们。现在是四比一,你又是年龄最小的。"苏珊说。

"唉，走吧，"埃德蒙嘟囔道，"看来我们非走不可，不然就不得安宁。"他倒是真心支持露西的，但半夜睡得好好的被打搅，又让他感到恼火，为了发泄不满，他做什么事都一副气呼呼的样子。

"那就出发吧。"彼得说，一边疲倦地把盾牌的皮带系在胳膊上，戴上头盔。露西是他最宠爱的妹妹，换了别的时候，他会对她说几句好听的话，因为知道露西心里多么不是滋味，也知道不管发生什么事都不是露西的过错。但他就是忍不住对露西感到有点恼火。

苏珊表现得最糟糕。"如果我也像露西那样耍赖呢？"她说，"我可以威胁说，不管你们走不走，我都待在这里，我真做得出来。"

"陛下，请听从至尊王。"特鲁普金说，"我们快出发吧。既然不能睡觉了，与其站在这儿说话，还不如赶紧上路。"

终于出发了。露西走在最前面，她有一肚子话要对苏珊说，但使劲咬着嘴唇，忍住不说。当她用眼睛盯住阿斯兰时，就把这些话忘到了脑后。在他们前面三十米

开外的地方，阿斯兰转过身，迈着缓慢的步伐往前走。其他人只能靠露西引领方向。对他们来说，阿斯兰不仅无影无形，而且寂然无声。他大猫一样的爪子踏在草地上，一点儿声音也没有。

阿斯兰领着他们走到跳舞树的右边——至于它们是不是还在跳舞，谁也不知道，因为露西的眼睛盯着狮子，其他人的眼睛盯着露西——离峡谷边缘更近了。"我的老天爷！"特鲁普金想，"但愿这次疯狂行动的结果不是顺着月光往上爬，把脖子摔断。"

阿斯兰在悬崖顶部走了很长时间，然后，来到一个崖边长着几棵小树的地方。阿斯兰一转身，消失在了树丛中。露西一下子屏住呼吸，因为阿斯兰好像从悬崖边纵身跃下去了。她只顾追寻他的身影，来不及停下来仔细思考。她加快脚步，很快自己也来到了树丛中。她低头看去，发现一条陡峭的羊肠小路在岩石间斜着切入峡谷，阿斯兰正顺着小路往下走。他转过身，用愉快的眼睛看着露西。露西拍拍手，手脚并用地爬下去追他。她听见身后其他人在喊："喂！露西！看在上帝的分儿上，当心啊！你到了悬崖边上。快回来——"过了一会儿，埃德蒙的声音在说："不，她是对的。有一条往下的小路。"

埃德蒙在小路上追上了露西。

"看！"他非常激动地说，"快看！前面那个慢慢移动的影子是什么？"

"那就是他的影子呀。"露西说。

"我相信你是对的了，露西。"埃德蒙说，"真不明白我以前怎么没看见。可是他在哪儿呢？"

"当然是跟他的影子在一起呀。你看不见他吗？"

"嗯，刚才好像看见——闪了一下又没了，这光线太捉弄人了。"

"走吧，埃德蒙国王，快走吧。"特鲁普金的声音从后上方传来。接着，在后面更远、几乎还在崖顶的地方，彼得的声音说道："哦，拿起勇气来，苏珊，把手给我。你怕什么呀，小婴儿都能走下去，别再发牢骚了。"

几分钟后，他们到了谷底，满耳都是滔滔的水声。阿斯兰像猫一样迈着优雅的步子，踏着一块块石头过河。到了河中央，他俯下身去喝水，然后抬起滴水的、毛发

蓬乱的脑袋,再次转脸看着他们。这次,埃德蒙看见他了。"哦,阿斯兰!"他喊着冲上前去。然而狮子猛一转身,朝灯草河对岸的斜坡走去。

"彼得,彼得,"埃德蒙喊道,"你看见了吗?"

"刚才好像看见了什么,"彼得说,"可是月光底下太捉摸不定了。我们还是继续往前走吧,并且把三声喝彩送给露西,我现在感觉没那么累了。"

阿斯兰毫不迟疑地领着他们往左、往峡谷上面走去。这真是一次奇异的旅行,像在梦中一样——哗哗的流水声,湿乎乎的灰色草地,越来越近、微光朦胧的悬崖,还有一直在前面默默行走的威风凛凛的猛兽。现在,除了苏珊和矮人,大家都能看见他了。

不一会儿,他们来到另一条陡峭的小路上,顺着更远处悬崖的崖壁往上走。这比他们刚才下来的那些悬崖高得多,漫长的、之字形的盘山小路令人厌烦。幸好,月亮正好凌空照着峡谷,所以两边都没有阴影。

露西累得喘不过气来,她看见阿斯兰的尾巴和后腿在前面一闪就不见了,便挣扎着用最后一点力气追过去,直跑得双腿发抖,上气不接下气,才终于来到一座山上,正是他们离开明镜湾后一直想去的那座山。长长的缓坡(石楠花、野草和几块巨大的岩石在月光下闪着白光)一直延伸到约半英里外一片模糊的树丛中。露西认出来了。这就是石桌山。

随着一片锁子甲的叮当声,其他人也在她身后爬了上来。阿斯兰在前面轻盈地行走,他们都跟着。

"露西。"苏珊用很小的声音说。

"什么事?"露西说。

"我现在看见他了,对不起。"

"没关系。"

"可是你不知道我有多恶劣。实际上我相信是他——我的意思是——昨天就相信。当他提醒我们不要下山去冷杉林的时候。今天晚上你把我们叫醒,我其实也相信你看见的是他,从内心深处相信,或者说,我本来应该相信的。可是我当时就想赶紧走出那片树林,而且——而且——哦,我也说不清。我该怎么对他说呢?"

"也许你不需要说什么。"露西说。

很快,他们走到了树丛边,孩子们透过树丛看见了那个大土堆——阿斯兰古冢,是他们离开纳尼亚之后堆在石桌上的。

"我们的队伍岗哨不严,"特鲁普金嘟囔道,"不然我们早就该受到盘查了——"

"嘘!"另外四个人说,因为阿斯兰已经停住脚步,转过身来面对他们,看上去那么雄伟非凡。他们又是害怕又是欢喜,又是欢喜又是害怕。两个男孩大步走上前,露西闪身给他们让路,苏珊和矮人退到后面。

"哦,阿斯兰。"彼得国王说着,单膝跪下,把狮子一只沉重的爪子贴到自己脸上。"我太高兴了。同时我也非常惭愧。自从我们出发后,我就一直带错了路,特别是昨天早晨。"

"我亲爱的孩子。"阿斯兰说。

然后他转身迎接埃德蒙。"干得漂亮。"他说。

在一阵可怕的静默之后,他用低沉浑厚的声音说:"苏珊。"苏珊没有回答,其他人以为她在哭泣,"你听从了恐惧的声音,孩子。"阿斯兰说,"过来,让我给你吹口气。把它们忘记吧。你是不是又有勇气了？"

"有了一点，阿斯兰。"苏珊说。

"好吧！"阿斯兰的声音提高了许多，隐约带有一点咆哮的意思，同时他用尾巴拍打着身体。"好吧，那个矮人呢？那个不相信狮子的、大名鼎鼎的剑客和弓箭手呢？过来，大地之子，过来！"——最后这句话不再是隐约带有咆哮的意思，而是真的咆哮了。

"我的老天爷啊！"特鲁普金用有气无力的声音哀叹道。孩子们都很了解阿斯兰，知道他非常喜欢矮人，所以并不感到担心，但特鲁普金就是另一回事了。他以前没见过狮子，更别说这头狮子了。特鲁普金做了他能想到的唯一一件明智的事——没有迅速跑开，而是跟跟跄跄地朝阿斯兰走去。

阿斯兰一跃而起。你有没有见过一只小猫咪被猫妈妈叼在嘴里？现在差不多就是这样。矮人缩成一个可怜巴巴的小球，从阿斯兰嘴边挂下来。狮子晃了晃他，晃得他的全身铠甲像修补匠的工具包一样咣咣作响，然后——说变就变——矮人飞到了半空。他感觉非常恐

怖，其实像在床上一样安全。落下来时，天鹅绒般柔软的爪子像慈母的手臂一样把他轻轻接住（而且面朝上），放在地上。

"大地之子，交个朋友怎么样？"阿斯兰问。

"好——好——好的。"矮人结结巴巴地说，他的气还没喘匀呢。

"好吧，"阿斯兰说，"月亮正在往下落。看看你们身后：天色渐渐放亮。我们没有时间可浪费了。你们三个，亚当之子和大地之子，迅速到大土堆里去，对付你们在那里发现的东西。"

矮人仍然说不出话来，两个男孩也不敢问阿斯兰是

不是跟他们一起去。他们三个拔剑行了个礼，转过身，叮叮当当地走进黑暗中。露西注意到他们脸上没有丝毫的疲倦，彼得至尊王和埃德蒙国王看上去都不再是小男孩，而更像男子汉了。

两个女孩站在阿斯兰身边，目送着他们远去的身影。天光在变化。在东边的天际，纳尼亚的黎明星阿拉维尔，像一轮小月亮一样闪烁着光芒。阿斯兰看上去比以前更魁梧了，他抬起头，抖动鬃毛，发出咆哮。

一开始，他的声音像低音弹奏的管风琴一样低沉、跳动，随即越来越响，越来越响，直到大地和空气都为之颤抖。这声音从山丘上拔地而起，在整个纳尼亚的上空飘荡。米拉兹的军营里，人们被惊醒了，茫然地互相望着对方的脸，匆忙抓起武器。下面的大河里，正值一天最冷的时刻，林泽仙女从水里露出了头和肩膀，河神那芦苇胡子的大脑袋也冒出了水面。更远处的每一块土地上、每一片树林里，野兔们在洞里警觉地竖起耳朵，小鸟儿把昏睡的脑袋从翅膀底下抬起，猫头鹰发出鸣叫，雌狐狂吠，刺猬咕哝，树木颤动。在城镇、村庄，母亲们瞪大了惊慌的眼睛，把小宝宝贴在胸口，看家狗在低吠，男人跳起来，摸索着去点灯。而在遥远的北部边境，山中巨人从城堡黑漆漆的门洞里朝外探望。

露西和苏珊看见山上四面八方都有黑乎乎的东西朝她们涌来。起初看上去像黑雾贴着地面蔓延，越来越近时，又像风暴中漆黑的大海上的惊涛骇浪，一浪高过一浪，最后，似乎整个树林都在移动。世界上所有的树仿佛都朝阿斯兰冲来。可是随着越冲越近，看上去越来越不像树，最后露西被团团围住。看见那一大群人都在鞠躬、行礼，朝阿斯兰挥舞他们细长的胳膊，她才看出它们都是人的形象。白皙的桦树姑娘摇晃着脑袋，柳树女郎把秀发从沉思的脸庞上拂开，凝视着阿斯兰，女王般高贵的山毛榉静静伫立着欣赏他。枝杈遒劲的橡树，修长而忧郁的榆树，毛发蓬乱的冬青树（它们自己肤色黝黑，妻子却因挂满了浆果而色彩艳丽），还有快活的花楸树，都在一遍又一遍地鞠躬，喊着"阿斯兰，阿斯兰！"声音各不相同，有的粗哑，有的尖细，有的像波涛一样。

它们里三层外三层围着阿斯兰跳舞（又变成了一场集体舞），舞步越来越快，把露西都弄糊涂了。有几个人她都没看见是从哪儿冒出来的，这会儿跟那些树在一起欢蹦乱跳。其中一个是少年，身上只披着一块鹿皮，卷发上戴着葡萄叶子做的花环。他那张脸，若不是看上去那么野性十足，作为一个男孩来说就显得太秀气了。用埃德蒙几天后看见他时的话来说："这小子什么都做得出来——绝对什么都做得出来。"他似乎有一大堆名字——其中三个是布洛弥俄斯、巴萨柔斯和拉姆[①]。他身边有许多姑娘，都跟他一样狂野奔放。令人意外的是，还有一个骑驴的人。大伙儿都在大笑，都在高喊："哝，哝，吁——吁！"

"这是在狂欢吗，阿斯兰？"少年喊道。看样子是的。但似乎每个人都有自己不同的玩法。也许是捉人游戏，但露西一直没发现那个被捉的人。或者更像是捉迷藏，但似乎每个人都像是被蒙住了眼睛。也可能是找拖鞋，

---

① 这些都是希腊神话中酒神巴克斯的别名。

但那只拖鞋始终没找到。而骑驴的那个男人,是个年迈的超级大胖子,突然大声嚷嚷起来:"吃点心!吃点心的时间到!"使场面变得更加复杂。他从驴背上摔下来,又被别人扶了上去。那头驴以为是在参加马戏表演,拼命想炫耀用两只后腿走路。越来越多的葡萄叶子撒得到处都是,不一会儿,四下里不仅有叶子,还有藤蔓。它们碰到什么就顺着往上爬。爬上树人的腿,缠住它们的脖子。露西用两只手把头发拢到脑后,却发现拢住的是葡萄藤。驴身上也被藤蔓缠绕。它的尾巴完全被缠住了,两个耳朵中间有个黑乎乎的东西在颤动。露西定睛一看,发现是一串葡萄。在那之后,头顶上、脚底下和四周就基本上都是葡萄了。

"点心!点心!"老头儿在咆哮。

大家都开吃了。你们可能有各种各样的暖房瓜果,但肯定从未尝过这样的葡萄。货真价实的老葡萄,外面紧实硬挺,一放进嘴里就迸出一股清凉的甜水。两个女孩以前从来没吃过瘾,而在这里,每个人都可以放开肚皮吃,管他吃相雅不雅的。到处可见黏黏的、汁渍斑斑的手指，虽然嘴里都塞得满满的，但笑声始终不绝于耳，"呔，呔，吁——吁！"的高叫声也一直没有停止。最后，每个人都同时突然感到这场游戏（甭管是什么游戏）和盛宴应该结束了，于是一个个气喘吁吁地倒在地上，把脸转向阿斯兰，听他接下来会说什么。

此时太阳正在冉冉升起，露西想起了什么，在苏珊耳边轻声说："听我说，苏，我知道他们是谁了。"

"谁？"

"那个满脸野性的男孩是酒神巴克斯，骑驴的老头儿是西勒诺斯。你不记得了？塔姆努斯先生很久以前跟我们说起过他们。"

"记得，当然记得。可是，露露——"

"怎么了？"

"如果没有阿斯兰，我们碰到巴克斯和他那些狂野的女祭司，我会觉得不安全呢。"

"我也这么认为。"露西说。

第12章　巫术和突如其来的复仇

正当特鲁普金和两个男孩来到那个通往土堆内部的黑乎乎的小石门洞时，两只放哨的獾（埃德蒙只能看见他们面颊上的白斑）跳了出来，龇牙咧嘴，用气势汹汹的声音问道："是谁？"

"特鲁普金。"矮人说，"带来了远古的纳尼亚至尊王。"

两只獾嗅了嗅彼得和埃德蒙的手。"终于来了，"他们说，"终于来了。"

"朋友，给我们一点亮。"特鲁普金说。

獾在门洞里找到一个火把，彼得点亮了递给特鲁普金。"小友最好在前面带路。"他说，"我们对这个地方两眼一抹黑。"

特鲁普金接过火把,领头走进了漆黑的地道。这是一个黑暗、寒冷、散发着霉味的地方,偶尔有一只蝙蝠在火把的亮光里飞过,到处都是蜘蛛网。两个男孩自从那天早晨在火车站就基本上一直待在露天里,此刻觉得仿佛走进了一个陷阱或地牢。

"喂,彼得。"埃德蒙小声说,"看看墙壁上的那些雕刻,是不是显得很古老?而我们比它们还要古老,我们上次在这里的时候,还没有那些雕刻呢。"

"是的。"彼得说,"这确实令人深思。"

矮人走在前面,往右一拐,又往左一拐,走下几级台阶,再往左一拐。终于,他们看见前面有了亮光——是从门缝底下透出来的。这时他们第一次听见了说话声,因为已经来到了中央屋的门前。里面的声音怒气冲冲的,有人把嗓门扯得很大,盖过了两个男孩和矮人走近的声音。

"不喜欢那个声音。"特鲁普金轻声对彼得说,"我们先听一会儿吧。"他们仨一动不动地站在门外。

"你们知道得很清楚,"一个声音说("是国王。"特鲁普金耳语道),"我为什么没有在今天早晨太阳升起时

吹号角。难道你们忘了,特鲁普金还没走多远,米拉兹就对我们发起了进攻,我们奋力鏖战了三个多小时。我一逮到喘息的机会就吹响了号角。"

"我不可能忘记,"那个愤怒的声音说,"我的矮人兄弟们承受了进攻的主力,他们五分之一都倒下了。"("是尼卡比。"特鲁普金轻声道。)

"真不要脸,矮人。"一个浑厚的声音说道("是特鲁佛汉特。"特鲁普金说)。"我们都像矮人一样战斗了,但谁都比不上国王英勇。"

"随你怎么编吧,我没兴趣听。"尼卡比回答,"不知是号角吹晚了呢,还是它根本就没有魔法,反正没有人来救援。你这个了不起的顾问,你这个魔法大师,你这个万事通,难道还要求我们把希望寄托在阿斯兰、彼得国王之类的幻想上吗?"

"坦白地说 —— 无法否认 —— 对事情的结果我深感失望。"有人回答。("是康奈留斯博士。"特鲁普金说。)

"不客气地说,"尼卡比说,"你的钱包空了,你的鸡蛋臭了,你的鱼漏网了,你的许诺落空了。现在请你站到一边，让别人来干吧。所以——"

"会有人来救援的。"特鲁佛汉特说，"我支持阿斯兰。保持耐心，这是我们兽类的风格。会有人来救援的，说不定此时此刻就在门口了。"

"呸！"尼卡比气势汹汹地说，"你们这些獾是想让我们等着天塌下来，大家都去抓云雀吗？告诉你，我们可等不起，粮食快吃光了，每次跟敌人遭遇，我们都损失惨重，追随我们的人正在偷偷溜走。"

"为什么呢？"特鲁佛汉特问，"我来告诉你们原因吧。因为他们都在谣传，我们召唤了古代君王，可古代君王没有回音。特鲁普金离开前（他很可能是去送死了）说的最后那番话是：'如果必须吹号角，千万别让弟兄们知道为什么吹和你希望从中得到什么。'可是就在当天夜里，大家就似乎都知道了。"

"你要敢说是我说漏了嘴，獾，还不如趁早把你的灰鼻子扎到马蜂窝里去呢。"尼卡比说，"收回你说的话，不然——"

"哦，得了得了，你们俩。"凯斯宾国王说，"我想知道尼卡比一直在暗示我们采取的是什么行动,但在这之前,我首先想弄清他带到我们会议上来的这两个陌生人是谁,他们站在这里,竖着耳朵,一句话也不说。"

"他们是我的朋友。"尼卡比说,"而你,除了是特鲁普金和獾的朋友,还有什么别的权利待在这里?还有那个穿黑袍子的老糊涂,他除了是你的朋友,又有什么权利待在这里?凭什么就我一个人不能带朋友进来?"

"陛下是你宣誓效忠的国王啊。"特鲁佛汉特厉声地说。

"宫廷礼仪,宫廷礼仪。"尼卡比讥笑道,"在这个洞里,我们还是开门见山地说话吧。你知道——他也知道,这个台尔马男孩一星期之内就当不成什么国王了,除非我们能帮他摆脱目前的困境。"

"也许吧。"康奈留斯说,"你这两位新朋友愿意谈谈自己的看法吗?喂,你们是何许人?"

"尊敬的博士大人,"一个带着哭腔的细嗓音说道,"我只是一个可怜的老太婆,有幸跟这位尊敬的矮人做了朋友。老天爷保佑陛下英俊的面庞,他无须害怕一个干瘪的老太婆,我已因风湿病而直不起腰,水壶底下没有几根柴火可烧了。不过我倒有几个不起眼的小本事——当然啦，博士大人，跟您的完全不能比——念点小咒语，做点小法术，如果大家没有意见的话，我很愿意把它们用在我们的敌人身上，因为我恨他们，没错，没有人比我更恨他们了。"

"这倒是非常有趣，而且——嗯——令人欣慰。"康奈留斯博士说，"我想，现在我知道你是什么货色了，夫人。尼卡比，也许你的另一位朋友也愿意介绍介绍自己？"

一个苍老而迟缓，让彼得毛骨悚然的声音回答道，"我饥，我饿。我咬住什么，就死也不会松开，即使我死了，他们也必须把我咬在嘴里的肉从敌人尸体上割下，随我一起埋葬。我可以绝食一百年而不死；我可以在冰上躺一百个夜晚而不冻僵；我可以喝下一条河的血而不把肚子撑爆。告诉我，谁是你的敌人。"

"你愿意当着这两个人的面公布你的计划？"凯斯宾问尼卡比。

"是的，"尼卡比说，"我打算在他们的帮助下实施这个计划。"

在接下来的一两分钟里，特鲁普金和两个男孩听见凯斯宾和他那两个朋友在窃窃私语，但听不清他们说些什么。然后，凯斯宾大声说话了。

"好吧，尼卡比，"他说，"让我们听听你的计划。"

接着是很长时间的静默，两个男孩甚至开始怀疑尼卡比不会开口了，后来听他用更低的声音说话了，似乎他自己也不太喜欢下面要说的内容。

"总而言之，"他轻声说，"我们谁也不知道纳尼亚古代的真实情况。特鲁普金对那些故事一概不信。我倒愿意试一试。我们先试了那个号角，但失败了。如果彼得至尊王、苏珊女王、埃德蒙国王和露西女王真的存在，他们要么没听见，要么不能来，要么就是我们的敌人——"

"要么就是在赶来的路上。"特鲁佛汉特插嘴道。

"你再这么说下去，米拉兹就要把我们都扔去喂狗了。我刚才说了，我们试了试古代传说链条中的一环，没给我们带来任何好处。好吧，宝剑断了，还可以拔出匕首。那些故事里除了古代的国王和女王，还提到其他势力呢。如果我们能把它们召唤来呢？"

"如果你指的是阿斯兰，"特鲁佛汉特说，"召唤他和召唤那些国王是一回事，他们是阿斯兰的仆臣，如果他不肯派他们过来（其实我坚信他会的），他自己难道还会来吗？"

"不会，你说得对。"尼卡比说，"阿斯兰和那些国王是如影随形的。阿斯兰要么是死了，要么就是不跟我们站在一边。或者，某种比他更强大的力量阻止了他回来。退一步说，如果他真的来了——我们又怎么知道他是敌是友呢？根据传说，他对矮人并不总是很友好，对所有的动物也有好有坏，不信就问问狼人。而且，我听说他只来过纳尼亚一次，待的时间并不长。你就不用考虑阿斯兰了，我想到的是另一个人。"

没有回答，几分钟内一片寂静，埃德蒙能听见獾呼哧呼哧抽鼻子的喘气声。

"你说的是谁？"凯斯宾终于问道。

"我说的是一个比阿斯兰强大得多的势力，如果那些故事属实的话，它曾经用咒语控制了纳尼亚许多许多年。"

"白女巫！"三个声音同时喊道，彼得听出那三个人

都一下子站了起来。

"没错。"尼卡比一字一顿、语速很慢地说,"我说的就是白女巫。坐下坐下。别跟小孩子似的,听到一个名字就吓破了胆。我们需要势力,需要一股势力来支持我们。说到势力,那些故事不是说白女巫打败了阿斯兰,并把他捆起来,就在那边那块石头上结果了他的性命吗?"

"但故事还说阿斯兰又复活了。"獾厉声说道。

"没错,是这样的。"尼卡比回答,"但是你会发现,关于阿斯兰后来做了什么,我们听到的少之又少。他就这样从故事里消失了。如果他真的复活了,你又如何解释这点呢?更有可能的是他并未复活,那些故事之所以不再提他,是因为根本没什么可说的了,难道不是吗?"

"他确立了那几个国王和女王。"凯斯宾说。

"一个刚打了大胜仗的国王,即使不依靠一头杂耍狮子的帮助,自己也能登上王位的。"尼卡比说。接着传来一声凶恶的吼叫,可能是特鲁佛汉特发出的。

"而且,"尼卡比继续说道,"那些国王、女王来了又怎么样呢?他们也消失了。这跟女巫相比可是大不相同。据说女巫统治了一百年呢,一百年漫长的冬季。那才是势力,信不信由你,那才是实实在在的东西。"

"可是,天哪!"凯斯宾国王说,"我们不是一直听说白女巫是最邪恶的敌人吗?她不是比米拉兹还要残暴十倍吗?"

"也许吧,"尼卡比用冷冰冰的声音说,"对你们人类——如果那时候就有人类的话,她也许是这样。对某一些动物也许是这样。我想,她曾经镇压了河狸,至少现在纳尼亚一只河狸也没有了。但她跟我们矮人一直相处得不错。我是矮人,我要跟自己的同胞们站在一起。我们不怕女巫。"

"可是你已经入了我们一伙呀。"特鲁佛汉特说。

"是啊,结果给我的弟兄们带来了数不清的好处。"尼卡比没好气地说,"危险的突袭行动派谁去?矮人。粮食不够时谁缺吃少喝?矮人。还有——?"

"胡说八道!都是胡说八道!"獾说。

"所以,"尼卡比说,嗓音变得声嘶力竭,"既然你不能帮助我的弟兄们,我就去求助有能力的人。"

"这是公开的叛变吗,矮人?"国王问道。

"把宝剑放回剑鞘里,凯斯宾。"尼卡比说,"宫廷谋杀,是吗?这就是你玩的把戏?别犯傻了。你以为我会怕你?现在是我们三个对你们三个。"

"那就来吧。"特鲁佛汉特怒吼道,但他立刻被打断了。

"停,停,停。"康奈留斯博士说,"你脾气太急躁了。女巫已经死了。所有的传说在这一点上都是一致的。尼卡比说把女巫招来是什么意思?"

那个只说过一次话的苍老、可怖的声音说:"哦,是吗?"

接着,那个带嘶嘶声的尖嗓子说道:"哦,上天保佑,亲爱的小王陛下无须理会白女王——我们这样称呼她——已经死了那样的鬼话。尊敬的博士大人那么说只是为了取笑我这样一个可怜的老太婆。可爱的无所不能的大博士,满肚子学问的博士大人,谁听说过女巫会死呢?你总能把她们召唤回来的。"

"把她招来吧。"那个苍老的声音说,"我们都准备好了。画圆圈。准备蓝色的篝火。"

獾的吼叫声越来越响,康奈留斯厉声喝问:"什么?"而凯斯宾国王的声音像打雷一样,盖过一切。

"原来这就是你的计划,尼卡比!玩弄黑巫术,招来一个可恶的鬼魂。而且,我看清了你的同伴是什么东西——一个母夜叉,一个狼人!"

接下来的一分钟左右,场面非常混乱。动物的咆哮声,刀剑的铿锵声混做一团。两个男孩和特鲁普金冲了进来,彼得匆忙间看见一个面目狰狞、苍老憔悴的家伙,一半是人一半是狼,正扑向一个跟他年龄相仿的男孩;埃德蒙则看见一只獾和一个矮人在地上滚作一团,像两只猫在打架。特鲁普金发现自己跟那个母夜叉面对面。

凯斯宾王子

夜叉的鼻子和下巴往外突出，活像一把胡桃夹子，龌龊的灰色头发在脸的四周飘舞，她用手攥住了康奈留斯博士的喉咙。特鲁普金的剑光一闪，夜叉脑袋滚落在地。油灯被打翻了，在接下来的约六十秒时间里，四下里只听见宝剑、牙齿、爪子、拳头和靴子的声音。然后，便是静默。

"你没事吧，埃德？"

"我——我想没事吧。"埃德蒙气喘吁吁地说，"我抓住了尼卡比那个畜生，他还活着。"

"天杀的、天杀的！"一个愤怒的声音说，"你是坐在我身上呢。快下去。你重得像一头小象。"

"对不起，小友。"埃德蒙说，"好点儿了吗？"

"哎哟！没有！"特鲁普金气冲冲地吼道，"你把靴子戳进我嘴里了，滚开。"

"凯斯宾国王在哪儿呢？"彼得问。

"我在这儿。"一个有气无力的声音说，"什么东西把我给咬了。"

他们都听见有人划火柴的声音，是埃德蒙。小小的火苗照亮了他的脸，看上去肮脏而苍白。他在黑暗中摸索了一会儿，找到蜡烛（因为油没有了，他们不再使用油灯），把它放在桌上点亮。火苗高高蹿起，几个人挣扎着从地上爬了起来。烛光中，六张脸面面相觑，茫然地眨着眼睛。

"好像敌人都死光了。"彼得说，"母夜叉，死了。"（他慌忙把目光从她的尸体上挪开）"尼卡比，也死了。还有这家伙，我估计是个狼人。我已经很长时间没有见过狼人了。狼头，人身。这说明他被杀死的那一刻正在由人变成狼。那么，我猜你就是凯斯宾国王喽？"

"是的。"那个男孩说，"但我不知道你是谁。"

"这是至尊王，彼得至尊王。"特鲁普金说。

"热烈欢迎陛下。"凯斯宾说。

"也欢迎你，陛下。"彼得说，"你知道，我不是来取代你的位置的，而是来助你登上王位。"

"陛下。"彼得的胳膊肘边响起了另一个声音。他扭过身，发现自己跟那只獾面对面。

彼得探过身，用双臂搂住獾，亲了亲他毛茸茸的脑

袋。因为他是至尊王,这么做并不显得婆婆妈妈。

"你是最好的獾,"彼得说,"从来没有怀疑过我们。"

"您过奖了,陛下。"特鲁佛汉特说,"我是野兽,我们野兽从不改变。而且,我是一只獾,我们獾善于坚持。"

"我为尼卡比感到难过,"凯斯宾说,"虽然他从看见我的那一刻起就讨厌我。由于长期的苦难和怨恨,他内心已经变坏。如果我们当初很快取胜,他也许会在和平的日子里变成一个好的矮人。不知道我们当中是谁杀死了他。幸亏如此。"

"你在流血。"彼得说。

"是的,我被咬了。"凯斯宾说,"是那个——那个像狼一样的家伙。"清洗和包扎伤口花了很长时间,最后,特鲁普金说:"好了,我们先吃点早饭再谈别的吧。"

"可别在这里吃。"彼得说。

"对。"凯斯宾打了个哆嗦,说道,"必须派人来把尸体搬走。"

"把这妖孽扔进一个坑里。"彼得说,"但是这个矮人,我们还是把他交给他的同胞,让他们按自己的方式埋葬吧。"

最后,他们在阿斯兰古冢的另一个黑暗地窖里吃了早饭。这可不是他们愿意选择的早饭。凯斯宾和康奈留斯想吃的是鹿肉馅饼,彼得和埃德蒙渴望着黄油炒鸡蛋和热腾腾的咖啡,然而,每人只得到一点儿冷冰冰的熊肉(从两个男孩口袋里掏出来的),一块硬邦邦的奶酪,一个洋葱头,和一杯水。不过看他们吃得那样津津有味,谁都会认为这是一顿美味丰盛的早餐。

第13章 至尊王指挥战斗

"现在,"他们吃完后,彼得说,"阿斯兰和两个女孩(也就是苏珊女王和露西女王)就在附近。我们不知道他什么时候行动。那无疑是以他的时间,而不是我们的时间为准。在此之前,他希望我们自己做一些力所能及的事。凯斯宾,你说我们有没有足够的力量跟米拉兹激战一场?"

"恐怕没有,至尊王。"凯斯宾说。他其实非常喜欢彼得,但不善言辞。对他来说,见到古老传说中的君王,比君王们见到他的感觉更加奇怪得多。

"那好吧,"彼得说,"我给他递一封挑战书,跟他单独决斗。"这是谁都没有想到的。

"拜托，"凯斯宾说，"难道不该是我吗？我要给我父亲报仇。"

"你受伤了。"彼得说，"而且，你向他挑战，他恐怕只会一笑置之吧？我的意思是，我们看到你是国王和勇士，但他会认为你只是个孩子。"

"可是，至尊王，"獾说，他坐在彼得身边，一直不错眼珠地看着他，"难道他会接受你的挑战吗？他知道自己的军队比我们更强大。"

"很可能不会，"彼得说，"但总有可能吧。即使他不接受，在这一天的大部分时间都由传令官来来往往的。那时候阿斯兰可能已经采取行动了。至少利用这个时间我可以视察部队，增强防卫。我要给他下挑战书。说干就干，我马上就写。博士大人，您有笔和墨水吗？"

"学者身上永远带着笔墨，陛下。"康奈留斯博士回答。

"很好，我来口述。"彼得说。博士展开一张羊皮纸，打开装墨水的牛角，磨尖羽毛笔，彼得则半闭着眼睛靠在墙上，在脑海里回忆很久以前在纳尼亚黄金时期他撰文使用的语言。

"有了。"他终于说,"怎么样,博士,您准备好了吗?"
康奈留斯博士用笔蘸了蘸墨水,等待着。彼得口述道:

"彼得——因阿斯兰的馈赠,因上帝的选拔,因神的旨意,因武力征服,任纳尼亚王国的至尊之王,孤独群岛的皇帝,凯尔帕拉维尔城堡的君主,最高贵的雄狮爵士团的骑士,特此向米拉兹——凯斯宾八世之子,曾任纳尼亚护法官,现自诩为纳尼亚国王——致以问候。

记下来了吗?"
"致以问候。"博士嘟囔道,"记下来了,大人。"
"下面另起一段。"彼得说。

"为了阻止流血,为了避免纳尼亚王国领域内因目前的发动战争可能带来的其他后果,我们十分荣幸地选派一位高贵人士,代表我们信赖和爱戴的凯斯宾,邀请阁下进行一场公平的决斗,并以阁下的尸首来证明：上述的凯斯宾才是我们当之无愧的、符合台尔马法律的纳尼亚国王，而阁下犯有双重叛国罪，篡夺上述凯斯宾的纳尼亚王权，并以极端恶劣——博士，注意别把字写错了——残忍和非人的方式谋害了您仁慈的君王和兄长凯斯宾九世。因此我们十分热忱地向阁下发出挑战，请阁下参加上述决斗。我们派出深受爱戴的王室兄弟埃德蒙亲手送去挑战书，他曾是纳尼亚国王，灯柱荒林公爵，西部野征伯爵，最高贵的圆桌爵士团的骑士，我们授予他全权与阁下商定上述决斗的所有条件。

　　写于纳尼亚的凯斯宾十世初年绿景月七日，阿斯兰古冢我们的居所。

"这样写应该可以了。"彼得深深吸了口气，说道。

"必须派两个人跟埃德蒙国王一起去。我认为巨人可以算一个。"

"你知道他——他脑子不太灵光。"凯斯宾说。

"那是当然，"彼得说，"但只要不说话，巨人的样子

还是挺有威慑力的,而且这会让他高兴起来。另一个是谁呢?"

"我可以保证,"特鲁普金说,"如果你想要一个凭长相就能置人死地的,最理想的就是老鼠雷普奇普了。"

"据我所知,确实如此。"彼得笑着说,"可惜他个头太小了。离得稍远一点,他们根本看不见他!"

"派马人格兰斯托姆去吧,大人。"獾特鲁佛汉特说,"从来没有人嘲笑过马人。"

一小时后,米拉兹队伍里的两位高官葛罗塞老爷和索皮斯宾老爷,吃过早饭,一边剔牙,一边在营地外散步,他们一抬头,看见马人格兰斯托姆和巨人威伯维特从树林里朝他们走来,他们以前在战场上见过威伯维特,在他和马人之间,还有一个不认识的人。其实,即使埃德蒙学校的其他男生此时此刻看见他,也不会认出他来。因为阿斯兰跟他见面时对他吹了一口气,所以他现在全身透着一股高贵的气度。

"怎么回事?"葛罗塞老爷说,"发动攻击?"

"更像是来和谈的。"索皮斯宾说,"看见吗,他们拿着绿树枝呢。很可能是来投降的。"

"走在马人和巨人中间的那一位,脸上可没有丝毫投降的意思。"葛罗塞说,"他会是谁呢? 不是凯斯宾那男孩。"

"绝对不是。"索皮斯宾说,"我向您保证,这是一位凶猛的勇士,不知叛乱者们是从哪儿把他找来的。(只是私下里对老爷您说)他可比米拉兹更有国王的风度。还有他身上的那套铠甲! 我们的那帮铁匠没有一个能做得出来。"

"我用我的花斑马波米丽打赌,他带来的不是投降书,而是挑战书。"葛罗塞说。

"那又怎么样?"索皮斯宾说,"我们已把敌人牢牢攥在拳头里了。米拉兹不会冒冒失失地丢掉自己的优势,去参加什么决斗。"

"可以引导他这么做。"葛罗塞把声音压得低低地说。

"轻点声,"索皮斯宾说,"往这边走走,别让那些哨兵听见。好了,我没有听错大人您的意思吧?"

"如果国王参加决斗,"葛罗塞小声说,"他要么杀死对方,要么被对方杀死。"

"没错。"索皮斯宾点着头说。

"如果他杀死对方,我们就赢了这场战争。"

"那是当然。如果他输了呢?"

"啊,如果输了,那我们即使没有国王的恩典也应该能打赢战争。用不着我告诉您,米拉兹并不是个优秀的首领。那样的话,我们就可以既赢得胜利,又摆脱了国王。"

"大人,您的意思是,没有了国王,您和我照样可以统治这个国家?"

葛罗塞的脸变得很难看了。"可别忘了,"他说,"当初是我们把他推上宝座的。这么多年来,他享受着荣华富贵,我们得到什么好处了? 他是怎么感谢我们的?"

"别再说了。"索皮斯宾回答,"看——有人来请我们去国王的帐篷了。"

到了米拉兹的帐篷旁,他们看见埃德蒙和两位同伴坐在外面,刚才米拉兹招待他们吃了蛋糕喝了红酒,他们递交了挑战书,暂时退出来让国王考虑此事。两位台尔马贵族这样近距离地看见他们三个,觉得那派头非常吓人。

到了帐篷里,他们看见米拉兹没拿武器,刚吃完早饭。他脸涨得通红,眉头皱得紧紧的。

"哼!"他吼道,从桌子对面把羊皮纸扔给他们,"看看吧,我那个狂傲自大的侄子给我们送来了一堆多么幼稚的童话。"

"请原谅,大人,"葛罗塞说,"如果我们刚才在外面看到的那位年轻勇士,就是挑战书里提到的埃德蒙国王,那么,我认为他不是一个童话,而是一位很有威力的骑士。"

"埃德蒙国王,呸!"米拉兹说,"难道两位老爷相信那些老太婆的故事?什么彼得、埃德蒙之类的?"

"我相信我的眼睛,陛下。"葛罗塞说。

"唉,这都是瞎耽误工夫,"米拉兹说,"不过说到挑

战，我认为我们中间只有一种观点吧？"

"是的，没错，大人。"葛罗塞说。

"那是什么呢？"国王问。

"当然必须拒绝。"葛罗塞说，"虽然从没有人叫我胆小鬼，但我必须坦率地说，在战场上遭遇那个年轻人可真不是我的心脏能承受的。如果他的哥哥，那位至尊王，比他还要危险（这是很可能的）——哎呀，我的国王陛下，无论如何，您都别去招惹他。"

"可恶！"米拉兹喊道，"这不是我想要的建议。你难道以为我在问你我敢不敢去见这个彼得（也许根本没这个人）？你难道以为我怕他？我是希望你在策略上给我一些忠告。现在我们占有优势，是不是还要冒险去决斗呢？"

"陛下，对此我只能回答，"葛罗塞说，"出于各种原因，您都应该拒绝挑战。那个陌生骑士的脸上透着杀气。"

"你又来了！"米拉兹说，他真的动怒了，"难道你是想说，我作为你们的首领，是一个彻头彻尾的懦夫吗？"

"陛下怎么说都行。"葛罗塞沉着脸说。

"你说起话来像个老太婆,葛罗塞。"国王说,"索皮斯宾老爷,你怎么看呢?"

"千万别惹麻烦,大人。"对方回答,"陛下说到策略,真是太巧妙了。这样陛下就有了拒绝的绝妙理由,使人们不会质疑陛下的尊严或勇气。"

"仁慈的上天啊!"米拉兹跳了起来,激动地感叹道,"你们今天都见了鬼吗?你们以为我是在寻找拒绝的理由?还不如当面管我叫胆小鬼呢!"

谈话进行得和两位老爷希望的一样,所以他们什么也没说。

"我明白了,"米拉兹死死盯着他们,两个眼球好像都要突出来了,然后说道,"你们自己像兔子一样胆小,竟然不要脸地以为我的心跟你们一样!拒绝的理由,可笑!找借口不战而逃!你们是战士吗?你们是台尔马人吗?你们是男子汉吗?如果我真的拒绝(因为指挥和战略的充分理由要求我这么做),你们会认为,并引导别人也以为,我是害怕了。是不是这样?"

"以陛下这样的年纪,"葛罗塞说,"拒绝跟一位风华

正茂的威武勇士决斗，任何一个明智的士兵都不会说您是懦夫的。"

"这么说我不仅是个胆小鬼，还是一个脚已经入土的老糊涂。"米拉兹咆哮道，"我告诉你们吧，两位老爷。你们这些娘娘腔的建议（故意躲躲闪闪，不肯直说），起了正好相反的作用。我本来是打算拒绝的，但现在要接受了。听见吗，接受挑战！你们俩鬼使神差，像叛徒一样吓破了胆，我可不能因此丢脸。"

"我们请求陛下——"葛罗塞说，然而米拉兹已经大步流星走出帐篷，他们听见他对埃德蒙大声吼叫着接受挑战。

两位老爷交换着目光，轻声笑了。

"我就知道，只要适当地把他激怒，他就会上当的。"葛罗塞说，"但我不会忘记他骂我胆小鬼。我要让他付出代价。"

消息传了回来，并向所有的动物做了传达。埃德蒙和米拉兹手下的一位队长一起，已经标出了决斗地点，并围上了绳子和木桩。到时候两个台尔马人站在两个角上，另外一个站在一侧边线中央，担任裁判。彼得至尊王也派出三个裁判，守住另外两个角和另一侧边线中央。彼得正在跟凯斯宾解释说他不能当裁判，因为这次决斗的目的就是凯斯宾继承王位的权利，突然，一个沙哑的、睡意蒙眬的声音说："尊敬的陛下。"彼得转过身，面前站着那头最大的胖熊。

"尊敬的陛下，"他说，"我是一头熊。"

"没错，你是一头熊，还是一头好熊，对此我毫不怀疑。"彼得说。

"是的。"熊说，"古往今来，当裁判一直是熊的权利。"

"别让他当。"特鲁普金对彼得说，"他是个好心眼的家伙，但会给我们大家丢脸的。他会打瞌睡，还会吃爪子。而且是当着敌人的面。"

"这我就没办法了，"彼得说，"因为熊说得对。熊确实有特权。我真想不到这么多年了，竟然还记得，那么多事情都淡忘了。"

"求求您，陛下。"熊说。

"这是你的权利。"彼得说，"裁判算你一个。但千万

记住别吃爪子。"

"肯定不会。"熊用惊慌失措的声音说。

"哎呀,你这会儿就在吃爪子!"特鲁普金嚷道。

熊赶紧把爪子从嘴里拿出来,装作没有听见。

"大人!"靠近地面的高度传来一个尖细的声音。

"啊——雷普奇普!"彼得上下左右看了看之后,说道,人们听到鼠王的招呼一般都会这么寻找一番。

"大人,"雷普奇普说,"我的生命永远由您支配,但我的荣誉属于我自己。陛下您队伍里唯一的吹鼓手是我的鼠民。我本来以为,也许会派我们去递送挑战书。大人,我的鼠民们都很难过。如果您愿意让我担任决斗的裁判,也许他们会感到一些欣慰。"

这时,他头顶上什么地方传来一个打雷般的声音,是巨人威伯维特忍不住傻笑了一声,比较善良的巨人经常会这样傻笑。当雷普奇普发现声音的来源时,他立刻停止了傻笑,板起面孔,看上去像萝卜一样严肃了。

"恐怕不行,"彼得一本正经地说,"有些人类害怕鼠类——"

"这我知道，大人。"雷普奇普说。

"让米拉兹看见某个可能会削弱他勇气的东西，"彼得继续说道，"对他来说可不太公平。"

"陛下您是荣誉的化身。"鼠王毕恭毕敬地鞠了一躬，说道，"在这一点上，我们的想法是一致的……不过刚才好像听见有人在笑。如果在座的哪位想取笑我，我随时愿意奉陪——带着我的宝剑。"

这番话之后是一片尴尬的沉默，最后彼得说道："担任我们裁判的是巨人威伯维特、熊王和马人格兰斯托姆。决斗将于下午两点开始。中午十二点准时吃午饭。"

"喂，"他们走开时，埃德蒙说，"应该没问题吧。我的意思是，你能打败他的，对吗？"

"这是要通过决斗才能知道的。"彼得说。

第14章　大家都在忙什么

两点钟快到了,特鲁普金、獾和其他动物坐在树林边,望着两个箭程之外隐约可见的米拉兹军队。中间,一块四四方方的草地用木桩围起,作为决斗场。远处两个角上站着手握宝剑的葛罗塞和索皮斯宾。近处两个角上是巨人威伯维特和胖熊,虽然他们一再警告,胖熊还是在吃爪子,说实在的,那副样子真是傻得出奇。马人格兰斯托姆站在决斗场的右边,静立不动,只偶尔用后蹄跺一跺草皮,看上去比左边面对他站着的那个台尔马人威风多了,算是给他们挽回了面子。彼得刚跟埃德蒙和博士握了手,正迈步走向决斗场。这一刻就像一场重大比赛的发令枪响之前,但局势要严峻得多。

"真希望不等事情闹到这一步,阿斯兰就赫然出现。"矮人特鲁普金说。

"我也这么希望。"獾特鲁佛汉特说,"可是你回头看看。"

"我的老天爷啊!"矮人刚一扭头,就吃惊地嘟囔道,"他们是谁呀?魁梧的人——美丽的人——像男女神灵和巨人。成百上千,浩浩荡荡,从我们身后过来。他们是谁呀?"

"是树精、树神和森林之神,"特鲁佛汉特说,"阿斯兰把他们唤醒了。"

"哼!"矮人说,"如果敌人想耍什么花招,他们就能发挥作用了。可是,如果米拉兹舞剑的身手比至尊王敏捷,恐怕他们也爱莫能助呢。"

獾什么也没说,因为彼得和米拉兹从两端分别走进了决斗场,都没有骑马,都穿着锁子甲,戴着头盔,举着盾牌。两人一直走到对方面前,互相鞠了一躬,似乎在说话,但根本听不见在说些什么。接着,两把宝剑在阳光下闪动。铿锵声在刹那间传来,但立刻就被淹没了,

两方军队像在观看足球比赛一样，轰然爆发出震耳欲聋的喊叫声。

"漂亮，彼得，哦，干得漂亮！"埃德蒙看见米拉兹仓促后退了一步半，忍不住喝彩道，"继续进攻，快！"彼得越战越勇，几秒钟后，决斗眼看就要赢了。可是，米拉兹又振作起来——开始充分利用他身高和体重的优势。"米拉兹！米拉兹！国王！国王！"台尔马人连声吼道。凯斯宾和埃德蒙忧心忡忡，脸色都白了。

"彼得挨了几下重击。"埃德蒙说。

"哎呀！"凯斯宾说，"现在怎么样了？"

"两个人都不行了。"埃德蒙说，"可能有点儿喘不上气。看！啊，又开始了，这次更讲究战术。不停地兜着圈子，试探对方的防守。"

"这个米拉兹恐怕是老手。"博士轻声说。可是他话音未落，就听老纳尼亚民众里传来一阵鼓掌声、叫嚷声和扔帽子的声音，几乎要把人的耳朵都震聋了。

"怎么回事？怎么回事？"博士问，"我老眼昏花，没看清楚。"

"至尊王刺中了对方的腋窝。"凯斯宾说,仍在啪啪地鼓掌,"从锁子甲胳膊上的豁口刺了进去。终于见血了。"

"不过现在形势又不好了。"埃德蒙说,"彼得的盾牌用得不对劲。他的左臂肯定受伤了。"

果然。每个人都看见彼得的盾牌无力地耷拉着。台尔马人的喊叫声再次沸腾。

"你经历的战斗比我多,"凯斯宾说,"现在还有胜算吗?"

"几乎没有,"埃德蒙说,"我想他只能听天由命了。看运气吧。"

"哦,我们干吗让事情走到这一步呢?"凯斯宾说。

突然,双方的喊叫声都平静了。埃德蒙一时摸不着头脑,接着他说:"噢,我明白了。他俩同意休息一会儿。来吧,博士。你和我可以帮至尊王做点什么。"他们跑到决斗场边,彼得来到绳子外面迎接他们,脸色通红,大汗淋漓,胸脯剧烈地起伏着。

"你的左臂受伤了吗?"埃德蒙问。

"实际上并没受伤。"彼得说,"他的肩膀压在我的盾牌上——像一大堆砖头,把盾牌的圆箍勒进了我的手腕。我估计骨头没断,但可能扭伤了。如果你们能把盾牌给我绑紧一点,我想还能对付。"

绑盾牌的时候,埃德蒙担忧地问:"彼得,你认为他怎么样?"

"厉害,"彼得说,"非常厉害。如果能让他不停地跳来跳去,最后他因为体重而消耗过大,喘不过气来——再加上太阳这么炎热,那么我还有一些希望。说句实话,除此之外我是不可能取胜的。如果他杀死了我,埃德,请向家里的每个人致以我的爱意。瞧,他又进入决斗场了。

"别了,老朋友。别了,博士。听我说,埃德,对特鲁普金多说些好听的话吧。他一直是个好心眼儿。"

埃德蒙没有说话。他和博士一起走回自己的队伍,心里非常难过。

没想到新一轮决斗进展顺利。彼得似乎能用上盾牌了,他的脚下功夫也发挥了有利的作用。现在几乎在跟米拉兹兜圈子了,不断移动脚步,不让对方靠近,却挑逗对方连续进攻。

"胆小鬼！"台尔马人不满地喊道，"为什么不敢勇敢地面对他？你不愿意吗？我们还以为你是来打仗，不是来跳舞的呢。呸！"

"哦，但愿他不会听他们的。"凯斯宾说。

"他不会的。"埃德蒙说，"你还不了解他——哟！"米拉兹终于击中了彼得的头盔。彼得脚步踉跄，往旁边滑了一步，单膝跪倒在地。台尔马人的咆哮声像海啸一样响起。"好啊，米拉兹。"他们喊道，"快，快！快！杀死他。"其实没有必要再煽动这位篡权者了。他已经压在彼得身上。宝剑朝彼得劈下来的那一刻，埃德蒙把嘴唇咬出了血。眼看彼得就要人头落地。谢天谢地，宝剑一滑，砍到了他的右肩上。矮人锻造的锁子甲坚不可破。

"哎呀！"埃德蒙喊道，"他又来了。彼得，加油，彼得。"

"我看不清是怎么回事。"博士说，"他怎么样了？"

"他趁势抓住了米拉兹的胳膊。"特鲁普金说着，高兴得跳起舞来，"真是好样的！把对方的胳膊当梯子。

至尊王！至尊王！加油啊，老纳尼亚！"

"看，"特鲁佛汉特说，"米拉兹沉不住气了，太好了！"此时双方全力以赴地投入了激战。令人眼花缭乱的剑光闪过，似乎双方都必死无疑了。紧张的气氛愈演愈烈，喊叫声几乎都听不见了。旁观者们都屏住了呼吸。场面极其惨烈又极其辉煌。

老纳尼亚人爆发出一阵狂喊。米拉兹倒下了——不是被彼得击倒，而是被一簇野草绊住，摔了个狗啃泥。彼得后退几步，等他站起来。

"哦，哥哥，哥哥，我的好哥哥啊，"埃德蒙喃喃自语，"有必要这样绅士风度吗？看来他必须这样。因为他是骑士，是一位至尊王。我想阿斯兰看到肯定会喜欢的。可是，那个畜生随时都会爬起来，然后——"

结果，"那个畜生"再也没有爬起来。葛罗塞和索皮斯宾早已制订好了自己的计划。一看到国王倒地，他们就冲进决斗场，喊道，"欺诈！欺诈！纳尼亚的叛徒趁他躺倒的时候刺死了他。准备战斗！准备战斗啊，台尔马！"

彼得几乎完全不明白是怎么回事。他看见两个大汉举着宝剑朝他冲来。接着,第三个台尔马人越过了他左边的绳子。"准备战斗,纳尼亚!这里有诈!"彼得喊道。如果那三个人同时对他出手,他肯定再也说不出话来了。可是葛罗塞停住脚步,一剑刺死了躺在地上的国王。"因为今天早晨你侮辱了我。"宝剑刺入时,他轻声说道。彼得转身面对索皮斯宾,挥剑劈向他的双腿,随即剑锋一转,砍掉了他的脑袋——埃德蒙已经跑到他身边,大声喊道:"纳尼亚!纳尼亚!雄狮!"浩浩荡荡的台尔马大军朝他们冲来。可是巨人正迈着沉重的步伐走上前,他弯下腰,挥舞着手里的大棒。马人们也发起了进攻。后面传来咚咚声,头顶掠过嘶嘶声,是矮人们在放箭。特鲁普金在左边奋力作战。战斗全面爆发。

"回来,雷普奇普,你这个小笨蛋!"彼得喊道,"你们这是去送死。根本没有鼠类的容身之地。"可是那些可笑的小家伙在双方军队的脚下跳来跳去,用手里的剑乱刺一气。那天,许多台尔马勇士都感到自己的脚好像突然被十几根扦子刺中,疼得单腿跳起,骂骂咧咧,经常摔倒在地。如果摔倒,老鼠们就把他干掉。如果没有摔

倒，就会有别人把他干掉。

老纳尼亚人还没打过瘾呢，就发现敌人开始撤退了。那些面相凶狠的勇士突然脸色煞白，惊恐的目光不是盯着老纳尼亚人，而是盯着他们身后的什么，然后纷纷扔掉武器，尖叫道："树林！树林！世界末日来啦！"

很快，他们的喊叫声和武器声都听不见了，都被汹涌的海浪般的声音淹没，那是被唤醒的树林闯入了彼得大军的队伍，然后继续向前，追逐那些台尔马人。你有没有在一个秋天的夜晚，站在一片大树林边缘的山脊上，狂烈的西南风以强劲的势头吹过树林？请想象一下那种声音。再想象一下本来应该固定不动的树木，突然朝你冲来。它们不再是树，而变成了身材魁梧的人，但仍然带着树的模样，长长的胳膊像树枝一样挥舞，脑袋甩来甩去，树叶如雨点一般纷纷落下。台尔马人看到的就是这样一幅情景。就连纳尼亚人也感到有点儿惊慌。几分钟内，米拉兹的所有随从就落荒而逃，奔向大河，希望冲过那座桥，进入贝鲁纳镇，躲到城墙和紧闭的城门后面。

他们跑到河边，可是桥不见了踪影。它昨天就消失了。在极度的惊慌失措中，他们都投降了。

那么，那座桥是怎么回事呢？

那天早晨，两个女孩睡了几个小时后醒来，看见阿斯兰站在她们身边，并听见他说："我们庆祝一下吧。"她们揉揉眼睛，看了看四周。树木都不在近旁了，但仍然能看见它们黑压压地朝阿斯兰古冢移动。酒神巴克斯和他身边的狂野女祭司和西勒诺斯与她们在一起。露西得到了充分的休息，精神抖擞地跳起来。大家都醒了，每个人都在笑，笛子在吹，铜钹在敲。动物们——不是那些会说话的动物，从四面八方朝他们聚拢。

"怎么回事，阿斯兰？"露西说，她眼光闪烁，双脚忍不住想跳舞。

"来吧，孩子们，"阿斯兰说，"今天再让我驮着你们。"

"哦，太好了！"露西喊道，两个女孩爬到金灿灿、热乎乎的狮子背上，不知多少年前她们也曾这么做过。然后，大部队出发了——阿斯兰领头，巴克斯和他那些女祭司们跳跳蹦蹦、翻着跟头随在后面，野兽在他们周

围奔跑,走在最后的是骑驴的西勒诺斯。

他们往右转了一点,冲下一道陡坡,眼前赫然出现了长长的贝鲁纳桥。可是,没等他们开始过桥,水里冒出一个胡子拉碴的水淋淋的大脑袋,比人脑袋还大,上面顶着一些灯芯草。他看着阿斯兰,嘴里发出一种低沉的声音。

"欢迎您,大人,"他说,"请解开我的束缚。"

"那是谁呀?"苏珊小声问。

"我认为是河神,你别说话。"露西说。

"巴克斯,"阿斯兰说,"把他从束缚中解放出来。"

"指的可能是桥。"露西想。果然如此。巴克斯和他的同伴们扑啦啦地冲进浅水里,一分钟后,最稀奇古怪的事情开始发生了。粗大结实的常春藤顺着所有的桥柱子往上爬,那速度就像火势在蔓延,把一根根石柱缠绕、撕裂,使它们分崩离析。刹那间,桥体仿佛成了艳丽的山楂树篱,接着整个大桥轰然坍塌,沉入下面汹涌的河水。狂欢者们又叫又笑,有的蹚水,有的游泳,有的跳舞,渡过了浅滩("乌拉!现在又成为贝鲁纳浅滩了!"女祭司们喊道),水花四溅,大家纷纷爬上对岸,进入小镇。

街上的人看见他们便仓皇逃窜。他们碰到的第一座房子是一所学校:女子学校。许多纳尼亚女孩正在上历史课,她们头发梳得整整齐齐,丑陋的领口箍得紧紧的,穿着厚厚的、毛扎扎的长筒袜。米拉兹统治下的纳尼亚教的所谓"历史",比你读过的最真实的历史还要枯燥乏味,比最惊心动魄的冒险故事还要虚幻。

"衮多伦,如果你不专心听讲,"女教师说,"继续看着窗外的话,我就不得不给你记过一次了。"

"可是,请原谅,普利则小姐——"衮多伦说。

"你没听见我的话吗,衮多伦?"普利则小姐问。

"可是，请原谅，普利则小姐，"衮多伦说，"有一头狮子！"

"胡言乱语，记过两次。"普利则小姐说，"现在——"一声吼叫打断了她。常春藤爬进了教室的窗户。墙壁变成一片闪烁跳动的绿色，翠叶葱葱的树枝在天花板上拱起。普利则小姐发现自己突然站在了林间空地的青草丛中。她抓住讲台想稳住脚跟，却发现讲台变成了一簇玫瑰花丛。一些她甚至从未幻想过的野人把她团团围住。接着，她看见了狮子，惊得尖叫起来，撒腿飞奔，班上的学生们，大都是一些胖乎乎、短短腿的乖乖女，也跟她一起飞奔。衮多伦在迟疑。

"亲爱的，你愿意跟我们在一起吗？"阿斯兰说。

"哦，可以吗？谢谢，谢谢。"衮多伦说。她立刻跟两个女祭司手拉着手。女祭司带着她快乐地跳舞转圈，并帮她脱掉了几件多余的、不舒服的衣服。

在贝鲁纳小镇，不管他们走到哪里，差不多都是这样的情形。大多数人逃跑了，少数几个加入了他们的队伍。离开小镇时，队伍更加庞大，也更加欢快了。

他们浩浩荡荡穿过河北岸（或称左岸）的大片平地。每路过一个农庄，动物们都会跑出来加入他们。从不知快乐为何物的悲伤的老驴子，突然又焕发了青春。看家狗们挣脱了身上的锁链。马把车子踢成碎片，欢跳着跟他们一起前行——嘚嘚，嘚嘚——腾起一片尘土，发出声声嘶鸣。

在一个院落里的井边，他们看见一个男人在打一个小男孩。男人手里的棍子突然绽开花朵。他想扔掉棍子，可是棍子粘在了他手上。他的手臂变成了树枝，身体变成了树干，脚底下生出了根。男孩一分钟前还在哭泣，这会儿破涕为笑，加入了他们的队伍。

在去往两河交汇的河狸大坝的路上，有一个小镇，他们在这里又经过一所学校，里面有一个满脸倦容的姑娘，在给一帮看上去像蠢猪一样的男孩教数学。她朝窗外一望，看见那些狂欢的神灵在街上放声歌唱，立刻感到欢乐充盈了她的心房。阿斯兰在窗外停住脚步，抬头看着她。

"哦，不要，不要。"女教师说，"我特别愿意，可是

不能，我必须坚守自己的工作。孩子们如果看见你们，会受到惊吓的。"

"受到惊吓？"最像蠢猪的那个男孩子说，"她在跟窗外的什么人说话？我们要告诉巡视员，她在应该给我们上课的时候却跟窗外的人说话。"

"我们去看看那是谁。"另一个男孩说，于是他们都聚到窗口。巴克斯一看见他们探出猥琐的小脸蛋，就大声喊道："哟哟——咴—咴—咴！"男孩们都吓得狂叫起来，互相践踏着想冲出房门，跳出窗户。后来听说（不知是真是假）这批小男孩再也不见踪影，但那片地区突然多出了许多以前没见过的漂亮可爱的小猪崽。

"来吧，亲爱的。"阿斯兰对女教师说。女教师跳出窗户，加入了队伍。

到了河狸大坝，他们又渡过河，顺着南岸再往东走。来到一座小木屋前，看见一个小孩站在门口哭。"你哭什么呢，小宝贝？"阿斯兰问。小孩从没见过狮子的画片，所以一点儿也不害怕。"姨妈病得很重，"她说，"快要死了。"阿斯兰就走到小木屋的门口，可是门太小了，他进不去。于是他先把脑袋探进去，用肩膀使劲一顶（露西和苏珊随之掉落下来），把整个小木屋都掀翻了，摔得四分五裂。一个矮小的老太太，看上去似乎有矮人的血统，躺在床上，但现在床已经在露天里了。她本来已经奄奄一息，一睁眼看到狮子毛蓬蓬、金灿灿的大脑袋正盯着她的脸，她并没有尖叫或昏迷，而是说："哦，阿斯兰！我就知道这是真的，我一辈子都在等着这一天，你是来带我走的吗？"

"是的，亲爱的。"阿斯兰说，"但还不是去长眠。"就在他说话的时候，就像一道火红的朝霞在云团底部蔓延，老太太苍白的脸上显出了红晕，眼睛也变得炯炯有神。她坐起来说道："哎呀，我真的感觉好多了，我想今天早晨可以吃点儿早饭了。"

"给你，大娘。"巴克斯说着，把一个水罐放进小木屋的井里，汲满了递给老太太。水罐里的不是水，而是醇香的美酒，像红醋栗果冻一样鲜红，像油一样润滑，像牛肉一样坚韧，像茶一样暖人，像露珠一样清凉。

"啊，你对我们的井做了点手脚。"老太太说，"这样

变变花样倒也挺好的。"说完她就从床上跳了下来。

"骑在我身上吧。"阿斯兰说,又对苏珊和露西解释道,"两位女王陛下只能跑步了。"

"没问题,我们愿意跑步。"苏珊说。于是大家又出发了。

最后,在一片音乐声、欢笑声和咆哮、吠叫、嘶鸣声中,他们蹦蹦跳跳,唱着歌、跳着舞,来到了米拉兹队伍投降的地方。米拉兹的部下扔掉宝剑,举起双手,彼得的队伍仍然高举着武器,一个个气喘吁吁,满脸坚毅和喜悦的神情,把敌人团团包围。接下来的第一件事,是那个老太太从阿斯兰背上滑下来,三步两步跑到凯斯宾面前,跟他紧紧拥抱。原来,她就是凯斯宾的老保姆啊!

第15章 阿斯兰在空中变了个门

台尔马的士兵们一看见阿斯兰,脸色就变得像冰冷的肉汤一样灰白,膝盖发软,许多人都扑倒在地。他们本来不相信有狮子的,这使他们的恐惧更加强烈。就连相信狮子是朋友的红毛矮人们,也大张着嘴巴,说不出话来。有几个黑矮人以前是尼卡比的手下,更是吓得悄悄地溜走。可是所有会说话的动物都聚拢在狮子身边,高兴地发出唔噜唔噜、哼哼唧唧的声音,有的尖叫,有的嘶鸣,对着他摇头摆尾,轻轻蹭着他的身体,恭敬地用鼻子顶他,从他腿间钻到他身体底下又钻出来。如果你见过一只小猫喜爱一条它熟悉和信赖的大狗,就能生动地想象出他们的表现。然后,彼得领着凯斯宾,费力

地从动物群里钻了出来。

"陛下,这是凯斯宾。"彼得说。凯斯宾跪下来亲吻雄狮的爪子。

"欢迎你,王子。"阿斯兰说,"你觉得自己有资格接过纳尼亚的王权吗?"

"我——我认为还没有,陛下。"凯斯宾说,"我只是个孩子。"

"很好。"阿斯兰说,"如果你觉得自己有资格,就证明你还不能胜任。那么,在彼得至尊王和我们的见证下,你将成为纳尼亚国王,凯尔帕拉维尔的君主和孤独群岛的皇帝。只要你们香火不断,你和你的子嗣将世代为王。至于你的加冕礼——哟,这是什么东西?"这时一支奇怪的小队伍走了过来——十一只老鼠,其中六只用树枝做的担架抬着一个什么东西,那担架比一张大绘图纸大不了多少。谁也没见过比它们更悲哀的老鼠。一个个满身泥浆,有几个还沾着血迹——耳朵平趴着,胡须耷拉着,尾巴拖在草地上,领头的那个用细细的管子吹着一首哀乐。担架上躺着的,看上去像一堆湿乎乎的皮毛。

原来是身负重伤的雷普奇普。他还有气,但已经奄奄一息,满身都是大大小小的伤口,一只爪子断了,尾巴成了一个包着绷带的残根儿。

"快,露西。"阿斯兰说。

露西立刻掏出了她的钻石瓶。雷普奇普的每个伤口只需要一滴,但伤口实在太多了,所以大家满心焦虑地默默等了很长时间,露西才完成了治疗。鼠王一骨碌就从担架上跳了下来,立刻伸手去摸剑鞘,另一只手捻着胡须。他深鞠一躬。

"万岁,阿斯兰!"他用尖厉的声音说,"我不胜荣幸——"可是他突然顿住了。

因为他仍然没有尾巴——不知是露西忘记了,还是她的强身剂虽然能疗伤,却不能让肢体重新生长。雷普奇普鞠躬时发现了自己的缺损,也许这多少影响了他的平衡。他把头往右一扭,从肩膀往下没看见尾巴。脖子使劲抻长,肩膀不得不转过去,最后整个身体也跟着扭动。可是这样一来,他的屁股也转过去看不见了。于是他又使劲抻长脖子,转动肩膀,结果还是一样。他滴溜

溜地转了三圈，才意识到了那个可怕的事实。

"我很疑惑。"雷普奇普对阿斯兰说，"这实在令我羞愧难当。必须恳求您原谅我以这种不雅的形象出现。"

"这样很适合你啊，小家伙。"阿斯兰说。

"不管怎样，"雷普奇普回答，"如果有办法的话……也许女王陛下……？"说着，他朝露西鞠了一躬。

"可是你要尾巴有什么用呢？"阿斯兰问。

"陛下，"鼠王说，"没有尾巴，我照样可以吃饭、睡觉，为我的国王效命。但尾巴是一只老鼠的尊严和荣誉啊。"

"朋友，我有时在琢磨，"阿斯兰说，"你是不是对自己的荣誉考虑得太多了。"

"至高无上的王啊，"雷普奇普说，"请允许我提醒您，我们鼠类天生身材娇小，如果不好好维护自己的尊严，有些人（那些按个头来评价别人的人）就会放肆地开一些不适当的玩笑来贬低我们。因此，我煞费苦心地让大家知道，如果不想让我的宝剑跟他的心脏近距离接触，就别在我面前谈论老鼠夹、偷奶酪或爬烛台什么的。是的，陛下——即使是纳尼亚最高的傻大个儿也不行!"说到这里,他气势汹汹地抬头瞪了一眼威伯维特,可是巨人的反应一向比别人慢半拍,还没有弄清他的脚下在谈论什么话题,所以雷普奇普完全是对牛弹琴了。

"请问,为什么你的鼠民都拔出了宝剑呢?"阿斯兰问。

"启禀陛下,"二号老鼠说,他名叫皮皮克,"我们都等待着,如果鼠王注定没有尾巴了,我们就把自己的尾巴也砍掉。鼠王陛下不能得到的荣誉,我们也羞于承载。"

"啊!"阿斯兰吼道,"我缴械投降。你们有着高贵的心灵。雷普奇普,不是为了你的尊严,而是为了你和你的鼠民之间的深厚情谊,更为了很久以前你的鼠民对我仁慈有加,咬断了把我束缚在石桌上的绳索(你可能早已忘却,就从那时开始,你们变成了会说话的老鼠),为了所有这些,你将重新得到你的尾巴。"

阿斯兰话没说完,新尾巴就出现了。然后,在阿斯兰的吩咐下,彼得授予凯斯宾雄狮爵士团的骑士称号。凯斯宾受封之后,立刻又给特鲁佛汉特、特鲁普金和雷

普奇普授勋，任命康奈留斯博士为大法官，并确定胖熊为世袭的决斗裁判。全场掌声雷动。

之后，他们没有挖苦嘲笑，也没有动用鞭子，只是严厉地把台尔马士兵押过浅滩，关在贝鲁纳城里，给他们一些牛肉和啤酒。那些士兵过河时大惊小怪，因为他们都讨厌和害怕流动的水，就像讨厌和害怕树林和动物一样。最后，这些烦心事终于结束了。漫长一天里最美妙的时光开始了。

露西坐在阿斯兰身边，感到像神仙一样惬意，她不由得纳闷那些树在做什么，起初她以为只是在跳舞。它们无疑围成两个圆圈慢慢走动，一个从左往右，一个从右往左。接着她注意到它们不断地往两个圆圈中间扔什么东西。有时她觉得它们剪下了一绺绺长长的头发，有时又似乎在折断一根根手指——如果这样的话，它们肯定有大量多余的手指，而且不感觉疼痛。不管它们扔的是什么，一落到地上就变成了树枝和干柴。然后，三四个红毛矮人带着火绒箱过来了，把那堆东西点着了火，先是噼啪作响，接着火苗便熊熊燃烧起来，成为仲夏夜的一堆林中篝火。大家都坐下来，在篝火旁围成一个大圆圈。

巴克斯、西勒诺斯和女祭司们跳起舞来了，比那些树跳的舞狂放得多。不仅是欢乐和美的舞蹈（当然也包括欢乐和美），更是蕴意丰富的神奇之舞。在他们的手相触的地方，在他们的脚落下的地方，欢宴次第出现——一片片烤肉，使树林里弥漫着诱人的香味，还有小麦饼、燕麦饼、蜂蜜，各种颜色的糖，像粥一样稠、像水一样滑的奶油，水蜜桃，油桃，石榴，梨子，葡萄，草莓，覆盆子——堆积如山的各种水果。然后，红酒端上来了，盛在大大的木杯、木碗和木盘子里，周围缠绕着常春藤。有的颜色那么深、那么浓，像桑葚汁的浓浆，有的红得那么清澈，像液化了的红果冻，除此之外，还有黄色、绿色、黄绿色、绿黄色的各种葡萄酒。

但是对那些树人，却提供了不同的食物。露西看见厚铲子和他的那些鼹鼠正在许多地方爬上草地（是巴克斯指定给它们的），意识到那些树要吃泥土了，不由得打了个寒战。可是当她看见端给树吃的那些泥土时，感

觉就不一样了。一开始是肥沃的褐色土壤，看上去几乎跟巧克力一样。它太像巧克力了，连埃德蒙都忍不住尝了一片，却发现一点儿也不好吃。肥沃的土壤使树的饥饿感有所减弱后，它们开始吃你在索美塞郡看到的那种土壤，差不多是粉红色的。据说它的味道更淡、更甜。到了吃奶酪的环节，吃的是一种白垩质土壤，接着是精美的甜食，由细细的砾石撒上精选的银色砂粒做成。它们喝了很少一点酒，冬青树就变得十分健谈，因为它们多半是靠畅饮露水和雨水解渴的，里面带有森林里鲜花的气息，和天空薄云的缥缈味道。

就这样，阿斯兰宴请纳尼亚的居民，一直到太阳落山，星星出现。熊熊的篝火没有先前那么吵闹，但热度更高了，像漆黑树林里的一堆烽火，吓破了胆的台尔马人远远地看见，不知道它意味着什么。这场欢宴，最有意思的是没有散场和结束，随着谈话声越来越轻、越来越慢，大家一个接一个地开始打瞌睡，渐渐地都睡着了，脚冲着篝火，左右两边挨着朋友，最后，篝火周围一片寂静，贝鲁纳浅滩石头上的流水声又变得清晰可闻。然而，整整一夜，阿斯兰和月亮都睁着愉快的眼睛，一眨不眨地久久对视。

第二天，信使（主要是松鼠和鸟）被派到各处，向四散的台尔马人——当然还包括贝鲁纳的囚犯——宣布一道指令：凯斯宾已经登上王位，如今纳尼亚不仅属于人类，还属于会说话的动物和矮人、树精、半羊人及其他神灵；愿意继续留在新环境下的，可以留下，不愿意的，阿斯兰会给他们提供一个新家；想走的，必须在第五天中午到贝鲁纳浅滩来见阿斯兰和几位国王。你可以想象，那些台尔马人举棋不定，非常为难。有些人，主要是年轻人，像凯斯宾一样听说过往昔的故事，对这一切的回归感到很高兴，已经在跟动物们交朋友了。他们都决定留在纳尼亚。可是大多数年长者，特别是那些在米拉兹手下享受高官厚禄的人，都闷闷不乐，不愿意生活在一个他们不能作威作福的地方。"留下来跟一大帮闹哄哄、爱表演的动物生活在一起？绝不！"他们说，"而且还有幽灵。"打了个寒战又补一句，"那些树精实际上就是幽灵，太不安全了。"同时还疑神疑鬼，"我可不

相信他们。"他们说,"那头可怕的狮子什么的。你看着吧,过不了多久,他的爪子就扑到我们身上来了。"对狮子许诺他们一个新家的说法,他们同样充满疑虑。"很可能是把我们带进他的狮子窝里,一个个地吃掉。"他们这样嘀咕道。越这样议论,就越闷闷不乐、疑虑重重。但到了指定的那天,他们有一大半都露面了。

在林间空地的一头,阿斯兰盼咐竖起两根木桩,比人头顶还高,彼此相隔约三英尺。第三根较轻的木头,横着绑在两根木桩顶部,使它们彼此相连,这样就形成了一个门洞。门洞两边都是空的,没有任何东西。阿斯兰站在门洞面前,右边是彼得,左边是凯斯宾。围在他们身旁的是苏珊、埃德蒙和露西、特鲁普金和特鲁佛汉特、康奈留斯爵士、格兰斯托姆、雷普奇普和其他人。孩子们和矮人充分利用了米拉兹城堡(如今已是凯斯宾城堡)里的皇家服饰,穿金戴银,绫罗绸缎,开衩袖下面隐约可见雪白的亚麻内衣,还有银光闪闪的锁子甲,镶嵌宝石的剑鞘,镀金的头盔,插着羽毛的软帽,这么打扮起来,简直光彩照人,令人不敢直视呢。就连野兽们的脖子上也戴着五花八门的链子。然而，大家的眼睛都没有注视野兽或孩子们。阿斯兰金灿灿的、柔软而灵动的毛发，把别人的光彩都盖住了。其他的老纳尼亚人都退避到林间空地的两侧。台尔马人站在远远的那一头。太阳明晃晃地照着，三角旗在微风里猎猎地飘舞。

"台尔马人，"阿斯兰说，"若想寻找一个新的家园，请听我说。我将把你们都送回你们自己的国家。对此你们不知道，而我知道。"

"我们不记得台尔马，不知道它在什么地方，也不知道它是什么样子。"那些台尔马人嘟囔道。

"你们当初是从台尔马进入纳尼亚的。"阿斯兰说，"而更早以前，你们的祖先是从另一个地方进入台尔马的，你们根本不属于这个世界。好几辈子前，你们的祖先是从彼得至尊王所属的那个世界来到此处的。"

听了这话，半数的台尔马人开始大放悲声。"怎么样，我早就跟你说了。他会把我们都弄死，把我们赶出这个世界。"另一半开始扔掉箱子，互相拍打着后背，窃窃私语，"怎么样，早就猜到我们不属于这个地方，这里有

这么多稀奇古怪、丑陋变态的动物。等着瞧吧，我们肯定是有高贵血统的。"就连凯斯宾、康奈留斯和孩子们也满脸惊异地转头看着阿斯兰。

"安静。"阿斯兰用低沉的、最接近咆哮的声音说。地面似乎在微微颤动，林间空地上的每个生命顿时像石像一样僵住不动了。

"凯斯宾爵士，"阿斯兰说，"你大概知道，要能成为真正的纳尼亚国王，必须像昔日的国王们一样，是亚当之子，来自亚当之子的世界。你正符合这一条件。许多年前，在那个世界里，在那个世界一片名为南海的深海域里，有一船海盗被风暴驱赶到一座岛上。他们像海盗一样行事：杀死原住民，抢走原住民的女人为妻，酿制棕榈酒，开怀畅饮，酩酊大醉，躺在棕榈树的树荫下，醒来后互相争吵，有时还互相残杀。在一次这样的打斗中，六个人被打败了，带着家眷逃到海岛中央，爬上一座山，躲进一个山洞。他们以为是山洞，实际上是一处有魔法的地方，是昔日连接不同世界的缝隙和鸿沟，但这种地方越来越稀少了。这是仅存的几个之一，我没说是最后一个。他们跌跌撞撞，或坠落，或上升，或穿越，最后发现自己来到了这个世界，来到了无人居住的台尔马国度。至于它为什么无人居住，说来话长，我现在就不多言了。他们在台尔马世世代代地生活，变成了一个凶悍而骄傲的民族。过了一代又一代，有一年台尔马闹起饥荒，他们侵略了纳尼亚，当时纳尼亚局势混乱（那也说来话长），他们便征服并统治了它。凯斯宾国王，这一切你记住了吗？"

"记住了，陛下。"凯斯宾说，"希望我来自一个比较高贵的家族。"

"你来自亚当爵士和夏娃女士。"阿斯兰说，"这份高贵，足以让最贫穷的乞丐骄傲地扬起脑袋，也足以让世界上最强大的皇帝垂首含胸，你应该满意。"

凯斯宾鞠了一躬。

"好了，"阿斯兰说，"台尔马的男人女人，你们愿意回到你们祖先生活的那个世界的那座海岛吗？那是个不错的地方。第一次发现岛屿的那些海盗已经灭绝，没有留下子嗣。那里有水质清冽的好井，肥沃的土壤，搭房盖屋的木头，咸水湖里还有鱼虾。那个世界的其他人还没发现那里。你们回归的豁口是打开的。但是我必须提醒你们，一旦过去了，这道豁口就永远封闭了。两个世界将不再通过那道门往来交易。"

片刻的沉默之后，台尔马士兵中一个身材魁梧、模样体面的家伙推开众人，上前说道：

"好吧，我接受这个条件。"

"明智的选择。"阿斯兰说，"你是第一个开口的，因而我赋予你强大的魔法。你在那个世界的未来将吉星高照。来吧。"

那人走上前，脸色变得有点儿发白。阿斯兰和朝臣们退到一边，给他让出路来，让他走向那个空荡荡的木桩门洞。

"直接走过去吧，孩子。"阿斯兰说着，朝那人俯下身，用自己的鼻子轻轻碰了碰他的鼻子。狮子的气息吹拂到那人身上，他眼睛里立刻绽放出一种新的神采——惊异，但不无欣喜——似乎努力在回忆着什么。然后，他挺起胸膛，朝门洞走去。

每个人的眼睛都盯着他。他们看见三根木头，透过木头看到纳尼亚的树木、青草和天空，看见那人站在门柱间。突然，一眨眼的工夫，他消失得无影无踪。

林间空地的另一头，留下来的那些台尔马人发出一片哀叹。"啊！他怎么了？你是想害死我们吗？我们不会往那儿去的。"接着，一个比较聪明的台尔马人说：

"透过那些木桩我们看不到另外的世界。如果你想要我们相信，为什么不派一个自己人过去？你的朋友都远远地躲着木桩。"

老鼠雷普奇普立刻挺身而出，鞠了一躬。"如果我

的示范能起到作用,阿斯兰,"他说,"我会按您的吩咐,毫不犹豫地带着十一只老鼠通过那个门洞。"

"不,小家伙。"阿斯兰说着,把天鹅绒般柔软的爪子轻轻放在雷普奇普的脑袋上。"在那个世界里,他们会以可怕的方式对待你们。会把你们拿到集市上去展览。不,必须由别人来领路。"

"来吧,"彼得突然对埃德蒙和露西说,"我们的时间到了。"

"什么意思?"埃德蒙说。

"这边来,"苏珊说,她似乎已经全知道了,"回到树林里。我们要换换行头。"

"换换什么?"露西问。

"当然是我们的衣服。"苏珊说,"穿着这些衣服在英国火车站的站台上,肯定会像傻瓜一样。"

"可是我们的东西都在凯斯宾城堡里呢。"埃德蒙说。

"不在那儿,"彼得说,继续领头往最茂密的树林里走,"都在这里呢。今天早晨打包带过来的。一切都安排好了。"

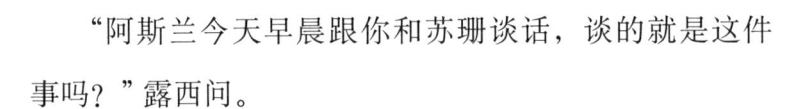

"阿斯兰今天早晨跟你和苏珊谈话,谈的就是这件事吗?"露西问。

"是啊——还有一些别的事。"彼得说,神色变得非常严肃,"我不能都告诉你们。他有些事情要跟我和苏珊说,因为我们永远不会再回纳尼亚了。"

"永远不会?"埃德蒙和露西惊愕地喊了起来。

"哦,你们俩还是会回来的。"彼得回答,"至少从他的话里,我可以肯定他的意思是你们有朝一日还会回来。但我和苏珊就不会了。他说我们年龄太大了。"

"哦,彼得,"露西说,"多么倒霉啊。你受得了吗?"

"唉,我想还行吧。"彼得说,"这跟我原来想的很不一样。到你最后一次时,你就会明白了。快点吧,我们的东西都在这儿。"

脱掉身上的皇家服饰,穿上校服(已经没那么新了),重新回到集会的人群里,感觉怪怪的,很不舒服。一两个不怀好意的台尔马人发出讥笑。但其他动物都大声欢呼,站起来向彼得至尊王、号角女王苏珊、埃德蒙国王和露西女王表示敬意。几个孩子依依不舍、眼泪汪

凯斯宾王子

汪地（对露西来说）跟所有的老朋友告别——接受动物们的亲吻、胖熊的拥抱，特鲁普金使劲拧着他们的手，特鲁佛汉特最后拥抱他们时胡须扎得他们好痒痒。凯斯宾当然提出了把号角还给苏珊，而苏珊当然叫他自己留着。接着便是最奇妙、最可怕的一幕：要跟阿斯兰告别了。彼得站好位置，苏珊的双手放在他的肩头，埃德蒙的双手放在苏珊肩头，露西的双手放在埃德蒙肩头，第一个台尔马人的双手放在露西肩头，他们排成长长一队，朝门洞走去。之后的那一刻很难用语言描述，孩子们似乎同时看到三个场景。首先是一个山洞口，里面是太平洋上一个翠绿和蔚蓝的海岛，所有的台尔马人一穿过门洞就到了那里。其次是纳尼亚的一片林间空地，以及矮人和野兽们的脸，阿斯兰深邃的目光，和獾面颊上的白斑。最后（它迅速吞没了前两个场景）是一个乡村火车站站台的灰色碎石地面，和一个周围堆满行李的座椅，他们都坐在椅子上，似乎从没有动过窝——经历了这么多事情之后，这似乎感觉有点平淡和令人沮丧，但也意外地令人感到舒心，因为有熟悉的火车站的气味，熟悉的英国天空,和等待着他们的夏季学期。

"啊!"彼得说,"我们经历了多少事啊。"

"糟了!"埃德蒙说,"我把我的新手电筒落在纳尼亚了。"